桃江：国家全域旅游示范区

婚约桃花江

著

人民东方出版传媒
東方出版社

透过竹海看县城

（邓燕盛 黄霖摄）

夏石头 解放前为曾家的马夫，农民画家。一直单身，暗恋钟三多数年。

曾爱武 曾章甫的同学，后参加国民党反动军队，逃往台湾，娶曾章甫的女同学潘心怡为妻。

潘心怡 曾章甫在广州求学时从湖里救上来的女同学，曾爱慕曾章甫。后随父母迁往台湾，嫁与曾爱武。

主要人物表

钟三多 湖南益阳（现桃江）女学生。童年时与曾章甫订下婚约，17岁出嫁。丧夫后嫁与刘孟良，定居广州。

刘孟良 钟三多的初恋情人。入伍后随部队到广东，后娶钟三多为妻，定居广州。

曾章甫 钟三多的前夫。少年时求学广州，后溺亡于桃花江。

毛　坨 钟三多与曾章甫的儿子，后饿死。

曾大丰 曾章甫之兄。解放前为乌旗山乡乡长，后被人民政府枪毙。

张纯娇 曾大丰的大老婆，曾大丰死后嫁与二狗，后不堪与二狗的婚姻生活而自杀。

王凤仙 曾大丰的小老婆，解放后遭鸭老公奸污，曾大丰死后嫁与鸭老公为妻。

银　花 曾大丰与张纯娇之女，其父母死后由钟三多抚养，后随钟三多定居广州。

鸭老公 解放前为曾家的长工。后娶王凤仙为妻。死于饥饿。

二　狗 张纯娇的第二任丈夫，杀死张纯娇的儿子，在强奸王凤仙时被王凤仙用剪刀刺死。

剧情介绍

20世纪40年代，桃花江[①]畔的湖南益阳[②]湘山中学[③]富家女生钟三多结对帮扶同班贫困男生刘孟良。刘孟良对其渐渐生出爱慕之心。后日寇入侵，学校停办，师生各散归乡。刘孟良邀钟三多一起投奔共产党的部队，无奈钟三多已有婚约在身，不能答应。刘孟良立下誓言，非钟三多不娶。

同期的广州，早已与钟三多订下婚约的益阳县乌旗山乡富家男生曾章甫在广州某高中就读。某晚，广州泮塘巨商家女生潘心怡被游人挤跌荔湾湖，曾章甫勇敢地对其施救，赢得潘心怡的芳心。曾章甫不为所动，回湘与钟三多成婚。

曾章甫、钟三多婚后不久遭遇突如其来的变故，家破人亡……

1960年春，钟三多带着儿子和侄女离开乌旗山，来到广州嫁给在部队工作的刘孟良，二人相濡以沫，相守到老。

---

① 桃花江是资江流经桃江县境河段的名称，另一种说法是指境内资江支流獭溪河。20世纪30年代，著名音乐家黎锦晖谱写的歌曲《桃花江是美人窝》，使桃花江名扬于世，誉满东洋、南洋。

② 1952年桃江从益阳县析出成县。在此之前，桃江地域范围归于益阳县。

③ 桃江一中的前身，钟姓族人创办，是桃江县内成立最早的中学。

自序

一

我热烈奔放地爱着我的家乡——桃花江畔的桃江县——国家全域旅游示范区。那里有娇艳欲滴的桃花、郁郁葱葱的竹海、蜿蜒多姿的江流、巍峨绵延的群山、波光潋滟的湖泊，更有源远流长的历史、灿烂多彩的文化、风情万种的习俗、香辣诱人的饮食、娉娉袅袅的美人……

在我的潜意识里，一直有一个梦想：美丽多情的桃江，能不能与一部风景抒情故事片共同演绎一场关于山水、人文与情爱的持久传奇？

今春的某个座谈会上，珠江电影集团一位读过我的长篇纪实小说《白棉花 红棉花》的领导同志提出，请我将《白棉花 红棉花》改编成电影剧本。

我用半年时间完成了这个任务，剧本名称最初仍是《白棉花 红棉花》。但在改编的过程中，从电影艺术独特的表现形式和结构特点出发，我在原著基础上进行了大量的新创作，新添了很多故事情节，对小说中的人物进行了增减和形象上的改变。改完以后，我将它取名为《婚约桃花江》。它已经成为一部大异于原著的新作品。

剧本成型后，发给珠江影视的同时，我还发给了东方出版社。该社鲁艳芳女士亲自审读后，给我发来微信:“很棒！这不是又一部《庐山恋》吗?！”

二

这部《婚约桃花江》，展现的是上百个土得掉渣的场景，呈现的是一个苦尽甘来破茧成蝶的桃江。它确实是一部山水与人文的画卷，但它完完全全植根于真实的土壤，就像一株株青翠的楠竹，没有红花和金果作为它的噱头。

然而，我却丝毫不担心，因为真实的生活本就是丰富、曲折而多彩的。

《婚约桃花江》演绎了桃江从民国到今天波澜壮阔的百年风云，重点讲述的是从1945年到1960年的故事。刘孟良、曾章甫、钟三多等男女青年，在他们参加革命、求学、务农的道路上，虽然面临各种选择，但都抱定“非某某不娶”“非某某不嫁”的信念，坚守爱情，历尽风霜从不言悔。

因其真实，《婚约桃花江》并非一部纯粹的赞歌，它揭示了不少深层次的社会问题。比如，曾爱武投奔国民党反动军队，鸭老公乘人之危奸污王凤仙，二狗杀死继子并间接逼死老婆张纯娇，夏石头死于水肿和饥饿……但是，它更表现了桃江人的温情与正义。比如，刘孟良投身革命并坚守自己的婚恋誓言，曾章甫全心全意疼爱妻子，钟三多不顾贫苦收养侄女，代郎中免费为邻里治病，代四妈破戒为钟三多接生，善良的乡亲们以各种各样的方式帮扶曾章甫和钟三多一家渡过难关……

这和我非常喜爱的《庐山恋》有着极大的相似之处。《庐山恋》讲述的是一位侨居美国的原国民党将军之女在庐山与一位高干子弟一见钟情，并坠入爱河的故事。毋庸置疑，在改革开放刚刚起步之际，"侨居美国""国民党将军之女""高干子弟""一见钟情"和"新中国第一部吻戏"的元素是异常"火辣"的。数十年来，庐山顶上那家"东谷电影院"(又名"《庐山恋》影院")每天从早到晚都只放映同一部电影《庐山恋》。它们取得了巨大的成功，让美丽的风景与感人的影片互放异彩。

三

借此，我要衷心地感谢对我创作这部作品提供热心帮助和指导的老师们：我的恩师、全军文学创作领域唯一的文职一级唐栋将军，著名作家、张艺谋电影作品《我的父亲母亲》的编剧鲍十先生，著名学者丁畅松教授、罗宏教授及广州广电传媒集团范宇平律师……东方出版社鲁艳芳女士对我给予充分的肯定，并建议在文字之外配一些反映桃江风土人情的照片。桃江县广播电视台台长刘小武先生闻讯立即组织桃江摄影师提供照片。知名摄影师、桃江县文化馆副馆长张克斌老师及县广播电视台的邓燕盛老师、黄霖老师无偿提供了若干幅精美的摄影作品。因此，这部作品，应当视为本人与桃江县广播电视台、桃江县文化馆的合力之作，应当视为本人与刘小武先生及张克斌、邓燕盛、黄霖三位摄影师的合力之作。

刘鉴

2016年秋于广州

1 湘山中学礼堂　夜—晴—内（冬）

礼堂舞台上方，挂着横幅“益阳县湘山中学 1945 年元旦文艺晚会”。

一百多名学生在台下看表演。

舞台上正在演地花鼓[①]。一位音乐教师扮成“张先生”正在唱《张先生讨学钱》：“二月里是花朝，先生就把学生邀。大学生有了七八个，小学生也有上十名，如今的世界就大不同，老书不教要教国文……”

逗趣的表演，引发台下坐观的一百余名学生阵阵哄笑。

2 湘山中学校门外　夜—晴—外（冬）

古老的修山镇街面，青砖铺成的路面，整条街此时是寂寂无人的空巷。

突然，疾驶的马蹄声由远而近。

（镜头俯视）只见一列整齐的骑兵小分队飞驰而来。昏黄的

① 地花鼓是花鼓戏的一种基层民间演出形式，小旦、小丑在锣鼓、唢呐伴奏下边歌边舞。

灯光，照着他们头上的黄帽子和身上的黄军装。骑兵小分队穿过修山街上的青砖路，向三堂街方向疾驶而去。

校门对面，包子铺的老板娘发出一声尖叫。

老板娘：“日本鬼子！”

街头、街尾也响起惊恐的尖叫声：“日本鬼子！”

学校传达室的老师傅也看到了骑兵，他神色惊慌，颤抖着手，用力敲响门口的悬钟。

3 湘山中学侧门　夜—晴—外　（冬）

温婉漂亮的富家女生钟三多在学生群里，跟着校长、教师慌乱地涌出侧门。

校　长：“大家各自回家！路上注意安全！”

学生们更加惊慌失措。

男生一：“几时回校？”

女生一：“我家在汉寿，我不敢走夜路。”

校　长：“离家远的同学可以到其他同学家去！安全第一，学校解散，暂时不要回校了！”

钟三多：“我家可以住！家隔得远的都去我家吧！”

钟三多的同班男同学刘孟良，穿着打补丁的灰白色棉袄，费力地挤到钟三多跟前，柔声说：“天太黑，我送你回去吧！”

钟三多：“我带他们一起走，你快回家吧！路上小心点！”

校　长:“大家不要逗留！快走，快走！”

在喧闹和道别声中，众师生竞相逃离。

4 钟三多家　日—晴—内（秋）

钟三多的家在羞女山①北麓，背靠郁郁葱葱的竹山，门前一条小溪蜿蜒而过。

钟三多在楼上的厢房里诵读《孟子》，“人恒过，然后能改；困于心，衡于虑，而后作”的声音从楼上传出。湘山中学的男同学刘孟良穿着打补丁的衣裤，打着赤脚，手里抓着个报纸包着的东西出现在屋门口，见到屋里的钟母。

刘孟良:“满妈，我是钟三多的同学！”

钟　母:“快请进！你哪里人啊？”

刘孟良:“我浮邱山②乡的，这是一包浮邱山上的茶，请你们尝尝！

钟　母（接过茶叶，打开报纸，闻）:“你一个冇年纪的小孩，拿么子茶叶啰！哎呀，好茶，真香！”

钟母忙叫女佣拿月饼给刘孟良吃。刘孟良大口地吃月饼。

---

① 桃江名山。在现修山镇境内，资水之滨，峻峰如削，状如裸女。据考证，中华人文始祖黄帝曾登此山。

② 中国道教名山，是湖南道教的发源地，主峰海拔 752.4 米，方圆 58 平方公里，山顶有浮邱寺。

松木塘林场与桃花湖
（张克斌摄）

刘孟良："满妈！日本都已经投降了，湘山中学还没复学，三多妹怎么打算的啊？"

这时，传来脚步声。钟三多的爷爷钟厚载戴着一副金丝老花眼镜，手拄一根黑得发亮的拐杖走进来。

刘孟良："这位爷爷是……"

钟　母："这是三多的爷爷。"

刘孟良："钟爷爷好！"

钟厚载："这位小伙子是……"

刘孟良："我是钟三多的同学刘孟良，家在浮邱山乡。我专门过来报个信，广东有部队来征粮，顺便要招一批学生回广东，三多妹去不去？"

楼上钟三多的诵读声停了下来，她似乎在楼上认真聆听楼下的谈话。

女佣从灶上的擂钵里给刘孟良舀擂茶①。

钟厚载："如果是太平盛世，我不反对女孩子念点书。如今这外面兵荒马乱，三多就不可再外出念书了，更何况是去广东。她没告诉过你们？她七岁就订婚了，她有婚约在身！"

刘孟良正喝擂茶，一时呛住（咳嗽）："她说过，我……知道……"

钟厚载："我已安排她学习女红，等着出嫁！"

---

① 桃江特色饮品，一般用芝麻、茶叶、白糖等为原料，在带细齿纹钵的陶钵内擂烂成糊状后，用温开水冲调。

刘孟良端着盛擂茶的碗愣愣地站着。

楼板上微微响起脚步声。刘孟良抬起头，他的头和视线随着脚步声的移动而移动，他看到钟三多从楼梯上款款而下。

钟厚载：“三多，你怎么下来了？”

钟三多：“爷爷，我已经能背诵了。（转向刘孟良）你要去广东吗？”

刘孟良：“我没想好……我就是过来问问你去不去……”

钟厚载：“小伙子！三多不去！你回去吧！”

钟三多来不及挽留，刘孟良已放下碗，朝钟厚载和钟母鞠了个躬，离开钟家。

钟三多走到门边，目送刘孟良大踏步离去的背影。

5 张莲英家屋檐下　日—晴—外　（春）

钟三多的舅妈张莲英用一双三寸金莲紧夹着黑陶烧制的擂钵，左手紧扶着擂钵边，右手握着一根长长的山茶树[①]棍，让棍在钵内壁迅速地旋动。钵中的芝麻、花生、茶叶泛出奶白色的汁。

钟三多和表姐菊英、表妹静宜围着一个纤瘦的湘绣师傅。

① 一种四季常绿阔叶小乔木，秋季开花，一般寒露摘果。果能榨油，是桃江人重要食油来源。山茶油是当今世界上公认的最佳保健食用油之一。

这个女师傅一手拿着菊英刺绣专用的竹绷箍圈，另一手拿着钟三多的竹绷箍圈在点评。

女师傅：“看清楚了吗？菊英这喜鹊太安分了，跟死鸟差不多。三多绣的就不安分，活灵活现的，这才是喜鹊嘛！”

静　宜：“我俩上次绣的是死蝴蝶，这次绣的是死喜鹊，只有三多姐会绣活物。”

钟母的轿子停在张莲英的地坪，轿门打开，钟母下轿。张莲英放下擂棍迎上去。两名轿夫从轿里取下一只沉沉的大箩筐。二人抬着箩筐刚放在屋檐下，旋即被张莲英招呼着抬进屋内。

钟三多和姐妹们欢喜地围着钟母。女师傅也讨好地凑拢来。

女师傅：“三多聪明，如果不是日本鬼子打进来，三多跟我进绣庄，准是一个高级师傅。”

钟　母：“那是你教得好咧。”

女师傅：“再学一年半载，就可以脱师了。”

张莲英搬过竹椅，放在屋檐下，请钟母坐。钟母刚坐下，钟三多拿着她的竹绷箍圈，得意地请钟母看。

钟　母：“嗯！绣得真好！”

钟三多的表妹静宜从屋内取来一双布鞋。钟三多看见，打算去夺，却来不及了，布鞋已由静宜交到钟母手中。

静　宜：“您看三多姐做得好不？”

钟母打量着布鞋，眉头就皱起来，眼睛里放出不饶人的光。

钟　母：“你这是给谁做的？”

钟三多：“给……给……同学……”

采茶
（张克斌摄）

钟　母：“哪个同学？我猜是给浮邱山那个姓刘的男同学吧？”

钟三多红着脸，不肯回答。

那边，姐姐菊英在低声责怪静宜：“就你多事！”

6 钟三多家　夜—晴—内（秋）

灯下，钟三多在绣布上认真画花鸟。钟母走过来。

钟　母：“今天叫你回来，是乌旗山曾家捎信来，准备娶你入门。”

钟三多吓了一跳，她惊愕地停下画笔。

钟三多：“那我就上不成高中了？”

钟　母：“曾家的话有理。你和曾章甫七岁订下的亲，今年都十七了，是该成亲了。上次那个叫刘么子的浮邱山男生邀你去广东，他是在打你的主意！你竟然还给他做布鞋！”

钟三多：“妈！我并没答应他去广东嘛！他家里穷，从小没了娘，没人给他做布鞋，怪可怜的。”

钟　母：“你以为我不晓得？两年多时间，他吃的用的都是你的！你还花钱请修山的郎中特意跑到浮邱山救他爹的命！”

钟三多：“妈！谁跟你瞎说的？请不要看不起他，他是一个有思想的人。也不要错怪我，学校里倡导‘结对子帮扶’，他家没钱，我家有钱，我帮扶他，仅此而已！有一回他爹打摆子，他急得哭，我听说修山的郎中医术高，便请那郎中随他回去看病，那郎中才收了两块钱的药钱！”

钟　母：“唉，救人是好事，娘不怨你。但你家有钱？不晓得我们孤儿寡母的钱都是你爷爷给的？总之你得赶紧嫁过去，你俩都订婚十年了！”

钟三多：“妈！都么子年代了，还包办婚姻！”

钟　母：“包办婚姻怎么了？你爷爷奶奶、你爹娘都是包办婚姻走过来的。再说，这是你爷爷定的，你越依他，他越高兴，他越高兴，就给你越多的嫁妆！”

钟三多：“妈，你晓得不？师傅夸我绣出来的东西不安分，那是因为我的心不安分！我多么希望能回到教室去学习，多么希望像爹爹一样读大学啊！”

钟　母：“你爹爹读了大学，一家人享了么子福？还不是让我在守寡？女大当嫁，这是做女人的命。你爹爹会保佑你，跟着章甫享富贵！”

钟三多：“妈！你猜，如果爹爹在，他挑女婿，会挑曾章甫那样的，还是刘孟良那样的？”

钟　母：“没有如果！你是曾章甫的堂客[①]！”

钟三多：“那曾章甫不是在广州念书么，他不打算念了？”

钟　母：“他念不念书由曾家定。”

钟三多：“妈！如果爹爹健在，他不会让我嫁给一个面都没

---

① 湖南方言，即妻子。

见过的人！”

钟　母：“说了没有如果！”

钟三多愤怒了，她强忍着泪水：“妈！如果有如果，如果我抗婚，你们会怎么样？”

钟母也愤怒了，她忽地站起来，停了一下，又坐下，长出一口气，说：“我告诉你，孝顺、守信，比婚姻甚至比生命更重要。如果你抗婚，不说你爷爷打断你的腿，也会让咱娘俩活活饿死！你爷爷有心脏病，也会被你活活气死！曾章甫这小伙咱虽没见过，但这些年你没听老胡说吗？相貌英俊、成绩好，还懂礼，是个人见人爱的好小伙！”

7　桃花江边　日—晴—外（秋）

钟三多和刘孟良各自背着棉被，在小路上边走边聊。刘孟良的棉被面打着补丁，有的地方还露出发黄的棉絮。他两手各提一个桶，桶里放着书本，其中一个桶里放着一双破胶鞋。看得出来，他不但提着自己的桶，还帮钟三多提着桶。

小路的左边，是桃花江；右边，是山茶树山。

刘孟良脚上穿着一双与他的破旧衣裤不相配的新布鞋。显然，他把破胶鞋换下，却舍不得扔掉。他走路时不时地把脚抬得老高，得意地欣赏。

钟三多看着他这俏皮样，害羞地笑，然后她主动聊到一个

打铁

（张克斌摄）

严肃的话题。

钟三多：“今天拿毕业证了，说说感受吧。”

刘孟良：“抗战胜利，但国内战事不息，生灵涂炭啊！”

钟三多沉默了一会儿，说：“今日湘山中学一别，同学们不知何日相见。”

刘孟良：“人生如江水，奔腾向前，很多同学也许永世无法重逢了。”

两人不觉有些伤感，都不说话了。

过了一会儿，钟三多站住，打破僵局：“孟良哥，感谢你送我。咱们就此别过吧！珍重！”

刘孟良却不肯把钟三多的桶还给她。他发呆地看着钟三多的眼睛。

钟三多看着他，又看看路边的山茶树花。

刘孟良：“让我再陪你一会儿吧！知道怎么喝花蜜吗？”

钟三多：“知道！”

刘孟良把两个桶放在地上。两人弯腰，折断枯蕨。钟三多手快，将手中的枯蕨往前、往后迅速一折，抽出一根细细的蕨管，先递给刘孟良。刘孟良接过，伸手拉下一枝山茶树枝。他左手拉着树枝，右手把蕨管固定在一朵山茶花蕊中，叫钟三多过来吸蜜。

刘孟良：“这枝花好！朵朵里面都有好多蜜！”

钟三多：“你也喝啊！”

两个人，你扯一枝，我扯一枝，吸了个够。

吸够了，两人索性卸下棉被，放在草地上，然后坐在树下同一块石头上，望着江水。

刘孟良："三多！同学两年半，你对我的帮助，特别是对我爹的救命之恩，我永世不忘！我对你的感激……实在无以言表！"

钟三多："瞧你！互帮互助，这是应该的！"

刘孟良："三多，有个内心话，我今天必须告诉你……"

钟三多手里捏着一根蕨管，有些紧张，没敢吱声。

刘孟良："三多，我希望你跟我走……因为……"

钟三多低下头，不自然地摆弄着手里的蕨管，沉默不语。

刘孟良："因为……我喜欢你！"

钟三多："你一定要走吗？"

刘孟良："是的。乱世出英雄，我要投身革命，我要改变命运！否则，待在这农村，挖红薯、摘茶叶、晒茶籽，要么继续穷下去，要么就是进山当土匪，哪能有么子出息！"

钟三多："你投哪个队伍？"

刘孟良霍地站起来，四下张望，压低声音对钟三多说："我早想好了！追随共产党！就算像张子清[①]一样牺牲，也是个顶天

① 桃江县板溪乡人，中国工农红军早期著名将领，1930 年因伤去世，年仅 28 岁。毛泽东同志曾赞张子清为红军的关云长。

立地的男子汉！你知道吗？今年夏天，共产党军队突破国民党军队黄河防线，强渡黄河，开始战略进攻。有个问题很有意思，你想想，中国近现代史的舞台上，各方都有登台亮相的机会，北洋军阀、封建复辟势力、革命者、国民党……这个代表穷苦大众的中国共产党诞生之初没有任何光环，没有任何背景，没有任何资产，一路面临各种围剿追击，为么子却能发展壮大并取得节节胜利？因为人民的拥护，因为民心所向！胜利一定属于中国共产党！你再想想，共产党军队能强渡黄河，就一定能强渡长江！解放全中国，指日可待！”

钟三多兴奋地站起来，用充满激情的双眼，紧紧盯着刘孟良的双眼，说：“你说得很对，我支持你！”

刘孟良猛地抓过钟三多的双手，握在手里，说：“跟我走！去革命洪流中并肩作战，去革命洪流中建功立业，去革命洪流中……恋爱、结婚！我……我……我要娶你！”

8 修山钟郎中家　日—晴—外（夏）

（出字幕：两年前。）

钟郎中的家在桃花江边。钟郎中穿着黑绸短衫正在地坪上翻晒中药材。

刘孟良、钟三多和另一名男生共三个人穿着湘山中学的校服，满身大汗地跑来。

丰收的田野
（张克斌摄）

钟三多：“郎中伯！治得打摆子病吗？”

钟郎中：“打摆子普通病，治得，但要看病情到了哪一层。”

钟三多：“治得就好！这个同学的爹在浮邱山，单身一人没人照顾，请您老人家跟他去一趟，救他一命！”

钟三多一边说，一边把身上的钱全掏出来，往钟郎中手里塞。

钟郎中把手藏在身后，躲到屋檐荫处，问刘孟良：“莫在太阳底下，莫急！你爹多大年纪，脑壳清醒不？”

刘孟良（眼圈红着，眼眶潮湿）：“清醒！今年48岁！大热天穿棉衣还冷，一会儿又热得汗水像洗澡似的……”

钟三多趁钟郎中不备，把纸币、硬币全塞在他手里。

钟郎中：“你们都是学生？”

三　人（齐点头）：“是！”

钟郎中：“难得小小年纪有这情义！”

钟郎中（留下两枚硬币，把纸币塞回给钟三多手中，面朝钟三多，疑惑地问）：“你是他的对象？”

钟三多和刘孟良惊愕着没回答，另一个男生抢着回答：“是！”

钟三多和刘孟良顿时都羞红了脸。

9 桃花江边　日—晴—外（秋）

（桃花江边的茶树山下。）

钟三多闪开刘孟良热烈的双眸，悲哀地摇着头，低声说："我爷爷早就帮我订了婚，我是有婆家的人……"

说完，钟三多想挣脱双手，没挣脱出来。刘孟良死死地握着她的双手，提高嗓门说："三多，你糊涂啊！你的眼光要放长远一点！共产党刚刚在河北召开土地会议，宣布没收地主的土地财产。你应该想到，如果你那婆家没有了地，还有么子好光景？你见都没见过那个曾章甫，你就把一生交给他？"

钟三多痛苦地摇摇头。

刘孟良："跟我走！跟我一起飞出益阳！"

钟三多："不！我跟你不一样，我不是自由身。我和曾章甫已有婚约。我爷爷有心脏病，不能生气。我不能为了自己的前途陷我爷爷、我妈妈于不义！更不能气死我爷爷！"

刘孟良不说话了，钟三多趁机挣脱双手。

刘孟良："路是自己选的。选跟我走，也许是血与火的路，但一定是光荣和正确的路；选嫁给曾章甫，也许是充满荆棘和坎坷的路。你真的决定了吗？"

钟三多望着江水，无奈地点头。

两人沉默了一会儿。刘孟良突然问："你想没想过曾章甫是个么子样的人？”

钟三多：“这个问题，我反反复复想过，想了十年。”

刘孟良：“想到么子结果？”

钟三多：“我想不出来。”

刘孟良：“你想不出来他是个么子人，就同意跟他进洞房？”

钟三多：“不愿意也得同意。”

刘孟良高声嚷道：“你这样进洞房，不是送给他强暴吗！”

钟三多：“我何尝不希望他先和我像同学一样相处一段时间，但我怎能央求他这样？既为夫妻，我怎能反抗？”

刘孟良一脸痛苦和愤怒，他握紧拳头：“你是个傻瓜！”

钟三多：“孟良哥，强暴我的不是他，是这个封建制度！古往今来，多少女人像我一样，她们有谁反抗过？她们反抗得了吗？”

刘孟良向前跨了两步，捡起一块大石头，狠狠地砸进江水里。

他回过头狠狠地对钟三多说：“念了这么多年书，就没给你挣脱思想桎梏的勇气？”

钟三多：“孟良哥，念了这么多年书，我学会了不放弃，不绝望，不会轻易一死了之，我会努力地好好生活下去。”

钟三多提起自己的棉被，背上，从口袋里掏出几张纸币。

刘孟良看出她的意图，往一边躲。

钟三多一把扯住他，把钞票塞在他手里。

刘孟良：“你不嫁给我，我哪来的机会报答你？”

钟三多：“我不要你报答！钱不多，当你的路费吧。”

浮邱山中天门
（张克斌摄）

刘孟良把纸币塞进内衣口袋，转身背起棉被，提起自己的桶，疾步往浮邱山的方向跑去。钟三多呆呆地看着他。他跑到百米之外，才转头喊：“我会等你！非你不娶！”

茶树林里回音：“非你不娶……非你不娶……非你不娶……”

（近镜头。钟三多泪流满面。）

10 大路上　日—晴—外（深秋）

高昂激越的喜乐声中，一队男人挑着嫁妆往西走，浩浩荡荡的。嫁妆队伍的前面是轿子队伍。

钟三多的大红花轿在送亲队伍的中央。

木制的大红花轿四周绣着金色的“囍”字，由四个穿着黄绸镶边红褂子、腰扎红绸带的轿夫抬着。轿顶上的红灯笼和各种挂件随着轿夫一摇一摆地晃动跳跃着，显得格外喜气洋洋。大红花轿的左、右、后的小窗全都稍微地开着。欲掩又开窗的作用，就是吸收沿路沾喜气的人驻足羡慕和祝福的目光。

轿中的钟三多身穿大红的新娘礼服，礼服上绣着金色的牡丹和凤凰。头上披着红纱巾，礼服外也披着一匹大红纱巾。

她无数次强迫自己镇定，却无济于事。心在胸膛里跳荡得一阵眩晕，双腿像抽了筋似的绵软。

轿外阳光明艳，轿夫们从容的脚步使轿子颤颤悠悠，拴轿杆的生牛皮吱吱扭扭地响。轿窗微开，轿帘也被轻轻掀动，把一缕缕明明艳的阳光和一缕缕清凉的山风闪进轿里来。

钟三多的双眼透过纱巾和轿窗。

左窗外，是缓缓东流的桃花江，是江对岸的莽莽竹海[①]。

11 曾家洞房　夜—晴—外（深秋）

夜色已深，热热闹闹地闹过洞房了。

曾章甫和钟三多坐在床沿，随着亲友轻松地笑着。

曾章甫有山里人难得的高挑个子，有运动员一般的健硕，浓眉大眼，直直的鼻梁，朝前微翘的下巴，显得俊朗又和善。

婚礼大都管开始驱客离开洞房。房里两个三棒鼓[②]乐手还在敲着锣鼓、舞着彩棒，一边唱："洞房不怕夜沉沉，等哒新郎官给包封。冇看见包封还要唱，除非新嫂嫂姐不关门。"大都管不好强行驱客，曾章甫的父亲曾浩之给两名乐手一人一个红包。

客人们知趣地离去。一个叫曾爱武的男生要求留下来。

曾爱武："章甫和我寒假前就写信约好了的！"

爱武父："这是洞房呢，你怕是变了蠢猪，不晓得羞！"

曾章甫："我们早就约好的。他在常德我在广州难得一聚，

① 桃江是著名竹乡，盛产竹子，以楠竹、黄杆竹、麻竹、水竹为主。竹山绵延，翻浪如海，故称"竹海"，蔚为壮观。

② 俗称"三槌鼓"，一般由两人表演。一人舞棒击鼓，一人击锣；或一人击锣鼓，一人舞刀棒。

就让爱武留下吧！”

曾浩之：“我幺儿媳妇同意就行。”

新郎曾章甫立即央求新娘钟三多。

曾章甫：“我和爱武难得相见，你行行好同意吧！”

钟三多心里窃喜，她不假思索地回答：“就依着新郎官吧！”

其他人哄笑着散去。

三个年轻人便在洞房里聊天。

曾章甫：“这是咱俩的第一次见面。第一次见面，就拉埋天窗啦！”

钟三多：“么子叫‘拉埋天窗’？”

曾章甫：“这是广州话，把天窗拉下来关上，不让别人看见，就是讲结婚入洞房啦。三多你莫生气啊，我害怕跟一个没见过面的姑娘进洞房，才写信约爱武陪我的！”

钟三多：“你真是个大好人！你不知道我有多紧张！爱武兄也是在帮我呀！”

曾爱武：“原来新郎、新娘都怕进洞房，那你们都要感谢我啦！”

钟三多（问爱武）：“你为何是汉寿口音？”

曾爱武：“我家在溪那边，虽然只隔半里地，但我家属汉寿地界，我说的是汉寿话。”

曾章甫：“你们困了吗？”

钟三多：“我不困。你们困了吗？”

曾章甫、曾爱武（齐说）：“不困！”

钟三多：“你们两个为么子一个到广州一个到常德呢？”

曾爱武：“我和章甫原先都在汉寿县城读完小，读初中。”

曾章甫：“那年日军飞机在常德投毒，常德和周边几个县鼠疫流行。家里安排我去广州读高中，爱武留在常德读高中。”

钟三多：“你这次向学校请婚假了吗？”

曾章甫：“哪敢透露结婚的事啊？只说家里有急事，请了半个月假，回家路上就花掉了三天。”

钟三多：“这么远！广州那边安全吗？”

曾章甫：“不太安全。校内校外都乱得很。”

钟三多：“那你莫回广州了！”

曾爱武：“常德也风声鹤唳，草木皆兵。”

12 山路上　日—晴—外（深秋）

竹山下，是桃花江水。

竹山与江水之间，是一条蜿蜒幽静的林荫路。深秋斑驳的阳光洒在路上。

曾章甫和钟三多穿着便装，各骑一匹骏马回修山。两匹马嗒嗒嗒地走着，后边远远地跟着两名健壮的挑夫，各挑一担红箩筐，里面装着满满的新女婿回门礼。

曾章甫：“但闻黄河流水鸣溅溅。我堂客骑着马真像花木

浮邱寺

浮邱寺

（张克斌摄）

兰！”

钟三多：“真是花木兰就好了，爹就不会派两个挑夫跟着，箩筐吊在马背上多省事！”

曾章甫：“我爹担心路上有土匪，以防万一嘛！哎，谁教你骑马的？”

钟三多：“我堂哥教的。堂哥也在广州待过，黄埔六期毕业生。”

曾章甫：“我知道！钟发湘，常德保卫战中为国捐躯，是条好汉！”

钟三多：“你有投身革命的想法吗？”

曾章甫：“说内心话，我心向往之！”

钟三多：“你若肯，我陪你！”

曾章甫：“唉！只能是空说而已，我爹哪会同意啊！”

钟三多似乎刚燃起的希望破灭了，脸上露出些许怅惘。

突然，前边相继倒下两根大楠竹，正好挡住去路。

两人立即勒住马缰。

几乎在同一时间，后边也倒下两根大楠竹。

曾章甫惊叫一声：“真有土匪？！”

话音刚落，前边两个、后边一个共三个蒙面土匪从竹林中钻出来。

曾章甫一边说：“莫慌！”一边让他的马贴紧钟三多的马。

钟三多吓得魂都丢了。曾章甫伸出左手，紧紧地握住她的右手，似乎想通过手的接触，传递勇气和力量。

曾章甫：“你们想搞么子？”

匪　首：“搞么子？老子今天专门守你们！乖乖交五十大洋，立马走人。否则，新娘子跟老子当压寨夫人！”

曾章甫毫无惧色，大喊：“你敢！”一边往回看，没见到挑夫的影子，于是大喊：“来人啊——”

匪　首：“荒山野岭，你喊鬼……”

这时，后头响起了狂奔而来的跑步声和两名挑夫的呐喊声。

三个土匪见势不妙，急忙往竹林里钻。

土匪进了竹林后，其中一名土匪转身，朝钟三多猛一甩手。

曾章甫不顾一切地扑过去，一把推开钟三多，自己却摔下马来。

钟三多惊叫一声，立即下马。曾章甫却迅速爬起来。

钟三多看到，曾章甫外衣的腋下被打了一个洞。

钟三多：“没伤着吧？”

曾章甫一边脱外衣，一边说：“我没事啊，我没事啊！”

两个挑夫已经跑到跟前，他俩接过曾章甫的外衣打量，然后往江边的桃树上看，一枚铜钱赫然扎在桃树干上。一名挑夫用力把它拔下来。

挑夫一：“金钱镖！”

挑夫二：“还是浩老爷有先见之明，安排我俩一路保护。”

曾章甫穿上外衣。两人骑上马继续朝前走。

钟三多：“谢谢你救了我的命！”

曾章甫：“夫妻之间，有何好谢的。只是，刚才如果我死了，那要公告世人，我虽拜了亲，却未圆房，我不是中镖死的，是冤死的！”

钟三多含羞，歉意地浅笑。

曾章甫：“我又一次大难不死。哎！跟你讲个故事吧，你可莫吃醋。”

钟三多：“不吃醋！以前你经历过大难吗？快说！”

曾章甫：“这个学期，我救过一个女同学的命。”

钟三多：“如何救的？快说啊！”

曾章甫：“其实是小事一桩。”

钟三多：“快说，快说，快说！”

（场景转换：广州，西关，荔湾湖。闷热的夏夜。曾章甫和一个男生在外跑步，汗流浃背。）

男　生：“饿了没？去那边吃点马蹄糕吧？”

曾章甫：“好！”

他俩跑向荔枝湾涌。突然有豆大的雨点洒下，紧接着天上响起雷声。涌边、湖边的游人急忙奔跑。这时，有一个人被挤下湖去。那男生随着游人向前疾跑，跑在后头的曾章甫似乎听到湖里有动静，停下来，借着闪电的光，他看到了掉进湖里的人，便跑过去“扑通”一声跳下水。

黑暗中，看不清湖里的动静，过了好一阵儿，才见曾章甫

擂茶待客
（张克斌摄）

把落水者推上岸，自己也吃力地爬上来。

那男生冒着雨跑回来，一边高喊“曾章甫——”一边寻找。

曾章甫坐在岸边朝男生喊：“在这儿呢！快来！”

男　生：“啊？你掉水里啦？”

曾章甫：“救了个人！一入水腿就抽筋了，害得她多呛了几口水，自己也险些没命了！”

（场景转换：山路上。钟三多、曾章甫骑马前行。）

钟三多：“我很敬佩你，大英雄！救的是你女同学？”

曾章甫：“是，我被她认出来，她是隔壁班的女同学。”

钟三多：“那后来呢？”

曾章甫：“后来……没后来啊！”

钟三多：“后来人家以身相许吧？”

曾章甫：“嗯……也可以这么说吧，但我谢绝了。”

钟三多：“啊？快说，这人么子情况？”

曾章甫：“哎！瞧你这人，非要打破砂锅问到底！她是隔壁班的同学，校园里有名的阔家小姐。”

钟三多：“为何有名？有多阔？”

曾章甫：“她祖上有名呗！她祖上叫潘仕成，十三行时期的巨商。她家住在学校外的泮塘村。”

钟三多：“她叫么子？”

曾章甫：“她叫潘心怡。你问她名字有何用？”

钟三多：“好！潘心怡小姐，我记住了！为何你不答应她？”

曾章甫:“你记住干吗?我告诉她我已有婚约。”

钟三多:“那你伤了她的心了,哎!她长得漂亮吗?”

曾章甫:“嗯,像你一样,挺漂亮的,但她命中不属于我,你才属于我!”

钟三多抿着嘴笑了。

13 曾章甫、钟三多房　夜—雨—内(深秋)

红蜡烛下,钟三多帮曾章甫整理好了行李。

曾章甫从红木椅上站起来,提了提行李袋,满意地说:“感谢你!本来应该自己做的。”

钟三多坐在床头,温柔地说:“如今你有堂客了,这些事该堂客帮你做。”

曾章甫:“一层秋雨一层凉。你注意添衣,不要冻着。”

钟三多:“你也不要冻着了。”

曾章甫:“广州热,这个季节广州人都还穿短袖呢。”

钟三多看着曾章甫,突然轻轻地喊:“章甫!”

曾章甫:“嗯?”

钟三多迟疑了一下,低声说:“今晚冷,你今晚莫打地铺吧?”

曾章甫心领神会地笑起来:“你肯?”

钟三多娇羞地低着头。

曾章甫兴奋地跑过去,一把抱起钟三多,一口吹灭红蜡烛……

14 曾家伙房[①] 夜—雪—内（冬）

春节后，寒假尾，一家人在伙房（厨房）围着火池烤火。曾章甫的瞎子奶奶和父母曾浩之、金姑娘，曾章甫的大哥、乌旗山乡乡长曾大丰、曾章甫的大姐曾莲英，钟三多，曾大丰的大老婆张纯娇、小老婆王凤仙及一个男童、一个女童围坐在火池边。他们有的手拿火钳烤巧果，有的在嗑瓜子。

火池里烧着劈好的杉木。火池上头有个吊铁炉，炉里烧着水。铁炉上方的梁上吊着众多熏肉。

曾章甫原准备只是回来过寒假，寒假后返广州继续读书。曾浩之在说服曾章甫不要再去广州。曾浩之高大魁梧，略显肥润，虽然慈眉善目，但在家里拥有绝对的权威。

曾浩之：“家里经济状况越来越不好，实在没能力供你到广州念书。再说广州局势不安宁，你一个人在外越来越不安全，你奶奶和你妈妈在家牵肠挂肚，再说让三多见不到你也不成事。广州就不要再去了。”

金姑娘：“你爸说的对！保命要紧。”

---

① 即厨房。

鸬鹚捕鱼
（张克斌摄）

15 曾章甫、钟三多房　日—雪—内（冬）

房中放着一盆木炭火。曾章甫、钟三多和曾爱武围着火盆，商量念书的事。

长工鸭老公用铁锹端了几根木炭进来，说："干爹怕你们冻着！叫我加点火！"他一边说着，一边把木炭倒进火盆里。他偷偷地瞅着钟三多，然后出去了。

曾爱武压低声音说："这老单身汉，叫你爹作干爹，那钟三多就是干弟媳。可他刚才盯着钟三多的眼神色迷迷的！"

曾章甫："他就是这德性。以前偷看我二嫂子洗澡，被我爹发现，狠狠地教训过一回。莫说他。我爹不肯让我念书了！"

钟三多："爹是为你安全着想。"

曾爱武："这年月，我也不打算念呢！"

曾章甫："你有么子想法？"

曾爱武："国家正是用人之际，考大学升官发财前路渺茫，当兵是条捷径！"

曾章甫："投笔从戎？选哪条道？"

钟三多："谁得民心就选谁！"

曾爱武摇着头，不屑地说："哼！民心能有枪杆子厉害？要当我就当国民党军！"

曾章甫："你就不怕打败仗？"

曾爱武："越是吃败仗越需要兵，当兵的薪水越高！否则谁还卖命啊？共产党军队发得起薪水吗？再说了，这么多年墨水，我不是白喝的！"

16 曾章甫、钟三多房　夜—阴—内（夏）

钟三多在房内绣花。

曾章甫进来，从口袋里拿出一封信。

曾章甫："爱武又来信了，不知他情况怎么样。"

钟三多正站起身，去取另一个绣框，她应道："我没兴趣！"

钟三多的肚子明显凸起。

曾章甫（低头看落款）："上一封信落款是长沙，怎么又去了广州？"

（曾章甫撕开信封。）

幕后音（曾爱武的声音）："新兵训练很枯燥，在大城市也不能出去玩，这破军队远没有当初想象的好！"

曾章甫："他在部队生活苦，咱俩随信寄点钱吧？"

钟三多："不许寄！"

17 曾家伙房　夜—晴—内（秋）

曾浩之与老婆金姑娘，曾章甫与老婆钟三多围在火池旁。天并不太冷，火池里只有一点明火在烧着吊锅里的水。

钟三多的腹部高高凸起。

曾大丰的两个孩子拿着几个小红薯跑进来，交给钟三多，请她帮他们烧红薯吃。

两小儿：“小婶娘，帮我们烧！烧好了喊我们！”

钟三多接过那只小红薯，用火钳在火灰里挖出一个大坑，再用火钳把小红薯一个个地摆放在火坑里，然后把火灰拨弄过来，覆盖红薯。

金姑娘：“家里工人不停地减少，但伙房里每天食油、米饭和肉食的消耗量却还在增加。”

曾浩之：“唉！内务有漏洞，有内盗。”

曾章甫：“我把内盗查出来！”

曾浩之缓缓摇头。

鸬鹚与渔夫

（张克斌摄）

18 曾章甫、钟三多房　清晨—晴—内（秋）

天刚蒙蒙亮，钟三多醒来，用火柴点亮灯芯片[①]，再用灯芯片点燃床头柜上的煤油灯。

点亮灯，钟三多准备下床。突然，她感觉肚子在异样地疼痛。她立即推醒曾章甫。

钟三多：“快去叫妈！我担心是要生了！”

曾章甫急急穿衣下床，一边扣衣服一边往门外走。

金姑娘披着棉袄，慌张地进来察看了一下坐在床沿的钟三多。

金姑娘：“不要慌，安稳躺好！”

钟三多：“妈，我想尿。”

金姑娘：“先憋着！一会儿喜婆[②]就来。”

扶钟三多躺好，帮她盖好被子后，金姑娘迅速往外走。一边走一边喊。

金姑娘：“王嫂！快去接喜婆来！说我家满媳妇要生了！”

---

① 一种极薄的篾片。

② 即接生婆。

19 曾家地坪　夜—晴—外（秋）

一声婴儿的啼哭，在夜色中显得格外清脆、响亮。

曾章甫坐在台阶上，听到婴儿哭声，豁地站起，走到门边，隔着门朝里喊话。

曾章甫：“生了？都好吗？”

金姑娘：“母子平安！”

曾章甫：“男的女的？”

金姑娘：“随了三多。”

20 钟三多娘家地坪　日—晴—外（秋）

曾家长工鸭老公到钟三多娘家报喜。钟母准备随鸭老公去乌旗山当外婆。

钟三多的爷爷钟厚载拄着拐杖，指挥两名挑夫用一根长竹竿从钟母家的侧屋里抬出一个鸡屋。鸡屋是竹制的，分上下两层，每层都有精致的小窗。每层16只母鸡，两层共32只母鸡。

鸭老公看上去比钟母更年长，他一脸色迷迷的，献媚地对钟母说：“干婶娘，一个月最多31天，每天吃一只，满月也吃不完！”

钟　母："咱修山是这风俗[①]，其实哪能一天吃完一只鸡？"

钟厚载摸着下巴的灰白胡子，满意地笑："真是快，三多也当了娘！"

钟母乐呵呵入轿，跟钟厚载道别，去乌旗山看望女儿和新生的外孙女。

21 曾家门口　日—晴—外（夏）

午后，钟三多在给女儿小繁纯喂奶，曾章甫和一名女佣在旁轻轻地为母女摇着棕叶扇。

鸭老公从屋里出来两次了。每次他一来，钟三多就急着侧身，把奶头从小繁纯嘴里拔出来，急急忙忙扯下衣服把洁白丰满的乳房遮住。

小繁纯没吃饱，哇哇大哭。

摇扇的女佣看不惯，训斥鸭老公。

女　佣："你这老单身汉就是多事！人家小媳妇在门口乘凉喂奶，你远远地躲着去，老跑出来做么子！"

鸭老公吓得溜进侧屋里。

马蹄声近了。

曾章甫："大哥回来了。"

---

① 旧时修山地区的一种贺生习俗，现已基本消失。

马迹塘故事
（张克斌摄）

钟三多害羞地扯下上衣，抱着小繁纯进屋了。女佣随她们进屋。

曾大丰乡长骑着马到了地坪。下马。曾章甫起身帮曾大丰牵马。曾大丰坐在女佣坐过的椅子上。

曾章甫：“大哥今天这么早就回来了？”

曾大丰：“刚从县里回来。”

曾章甫：“有么子消息？”

曾大丰：“爸呢？”

曾章甫：“爸——”

曾浩之在里头应着，踱步出来。

曾大丰：“今天上午县里开会，县长要求继续征粮。我饭都没吃就回来了。”

曾浩之：“湘、资、沅、澧四条河流同发大水，稻田遭淹，无粮可征，县长瞎了眼？”

曾章甫：“向灾民强行征粮，这不是逼民造反吗？”

22 乌旗山路边　日—晴—外（夏）

曾章甫和曾家的马夫夏石头牵着两匹马，站在江边的路旁。夏石头四十出头，清清瘦瘦的，虽然是个农村马夫，却莫名其妙地长得有点文艺气质。

夏石头：“两匹好马！我都舍不得，你舍得？”

曾章甫："我爸和我大哥都舍得，我有么子舍不得？"

夏石头："一定要送掉？"

曾章甫："常德已经解放了，益阳眼看就会解放。把马送给解放军，也算是我曾家做了一点儿贡献。"

这时，十几个解放军骑兵骑着高头大马威风凛凛地飞驰而来。曾家的两匹马见到解放军骑兵的骏马，兴奋地嘶鸣。

曾章甫和夏石头崇敬地向解放军骑兵们招手。骑兵们像风一样从他们身边经过。

夏石头松手，两匹脱缰的骏马嘶鸣着，尾随而去。

23 益阳县城　日—晴—外（夏）

喜庆的鞭炮震天响。

益阳县政府门口挂着红色横幅，上书"益阳人民喜迎解放"。

益阳中学门口广场，师生和各界群众打着锣鼓，扭起秧歌，高歌"解放区的天，是明朗的天……"

24 乌旗山广场　日—晴—外（冬）

广场处的树上、土墙上张贴着"减租退押""清匪反霸"等标语。

广场台上，正召开“减租退押”斗争大会。农民们在斗争大会上拿着恶霸地主的“收租簿”算剥削账。

曾爱武的父母被绑在台上。

台上的干部指着曾爱武的父母，大声对台下说：“他们的狗儿子曾爱武逃到了台湾，跑得了和尚跑不了庙，他的血债未还……”

台下，有农村干部带领群众振臂高呼：“打倒土匪、恶霸！讨还血债！”

25 曾家地坪　晨—晴—外（春）

离开了曾家的鸦老公，扛着锄头来到曾家地坪喊曾浩之的名字。

曾浩之提着火篮（农家便携式取暖器）闻声出来。金姑娘搬过椅子。鸭老公把锄头搁一边，坐下。

曾浩之把火篮递给鸭老公。鸭老公不客气地接过，两手放在火篮上烤着。

鸭老公：“知道国旗么子模样不？”

曾浩之：“知道，五星红旗。”

鸭老公：“知道五星么子意思不？”

曾浩之：“么子意思？”

鸭老公：“金木水火土全包下了！厉害不？”

曾浩之佩服地看着他，点头道："厉害！"

鸭老公得意地笑，饶有兴趣地看着桃树枝头上的花蕾和未融的雪，抒情地说："今年又是桃花雪。"

曾浩之："是啊，春来雪！你这把年纪了，挥不动锄头莫硬撑。我这里有米有烟，缺了就先拿些去。"

鸭老公："那我不客气了。叫你曾浩之几十年干爹，到底是不吃亏，哈哈！"

金姑娘急忙进屋去了。

鸭老公："人民政府组织防洪防灾，准备大修水利。有钱出钱，有力出力。莫看曾大丰这么大块头，干起农活来，只怕是老棍棒碰了嫩豆腐——有心无力！"

曾浩之："那是。我这两个儿，大丰是个花架子，曾章甫二十不到，学生哥出身，不懂农活。我家自然是出钱出粮。"

曾章甫闻声出来。

曾章甫："耀叔，我家出钱出粮是应当。但我要报名，积极参加新中国、新政府的水利建设！"

鸭老公："哈哈，好！修三年，每年逢冬春开工，好好磨磨你小子的细皮嫩肉。"

金姑娘提着一袋米和一小袋烟出来。鸭老公接过，心满意足地走了。

26 洞庭湖区　日—阴—外（春）

一望无垠的洞庭湖平原。一身污泥的曾章甫正吃力地挑着满是泥土的竹簸箕。

（镜头渐高。数不清的农民在抢修水利。）

27 曾家伙房　夜—阴—内（春）

伙房里点着一盏煤油灯。火池里并没有燃火，但一家人还是围着火池。

曾大丰：“心里不踏实！收音机里讲，要没收地主的土地分给农民。”

钟三多：“北方早就这么干了！”

曾章甫：“我家自己不会种，也种不过来，分给农民是好事。”

曾浩之：“你还不懂事！你不晓得怕！”

曾章甫：“没么子好怕的。去年‘减租退押’‘清匪反霸’，杀了曾爱武的爹妈，也没见伤到我们家。”

曾大丰：“风声越来越紧。你那同学曾爱武的爹娘不刚被杀了头？还是小心点好！”

曾大丰的大老婆张纯娇、小老婆王凤仙满脸惊恐。

曾浩之："总之，一家老小要多加小心，尤其是你们女人家，丝绸、旗袍统统锁起来。在家、在外说话做事都要谨慎。"

钟三多："爹说得对。丝绸、旗袍现在不合时宜。"

张纯娇："我没泥腿子的粗布衣，你们给我去买呀！这些天整天死气沉沉。不如回娘家避一避，吸两口新鲜空气，顺便也看看娘家人是否安生。"

王凤仙："我爹娘都死了，我哪儿也不去。"

金姑娘："他爹！我也想回娘家看看。我娘家是贫农，安全。三多！你娘家太远，你暂时不要回去，你带着繁纯跟我一起。"

曾浩之："也好。你们带着孩子们出去一阵儿，避避风向吧。要走就趁早！晚了就走不成！不要坐轿了，坐船！今晚趁黑走！在外切记不要乱说话，一个字说错，一个字说重，都可能导致杀身之祸，甚至殃及全家！"

28 金姑娘的娘家外农田　日—晴—外　（春）

金姑娘的娘家在桃花江的下游。

金姑娘穿着粗布衣，抱着繁纯，站在离江不远的田埂上，欣赏江中渔夫指使鸬鹚[①]捕鱼。

江两岸的桃花盛开，像给桃花江镶了两条粉红的边。

① 又称鱼鹰，大型食鱼游禽，善潜水，常被人驯化用于捕鱼。

金姑娘的侄女妹姐及其丈夫二愣子在插秧。

穿着粗布衣的钟三多帮着妹姐在河边割猪草。突然，镰刀划破了钟三多左手的小指头，她惊恐地叫了一声，看到鲜血很快渗出来并往下滴。妹姐听到钟三多的叫声赶紧从上游田间跑过去，迅速捏了一块烂泥巴堵住出血的地方。

妹　姐："莫怕！泥巴不光能长庄稼，还能治伤治病！"

钟三多感激地笑了笑。

妹　姐："你是少奶奶，做不成这些事的。"

钟三多："世道变了，再不是少奶奶了。该学着做些农活呢。"

妹　姐："这些天想我表弟了没？"

钟三多不好意思地笑了。

妹　姐："山那边有个订了婚的姑娘跟男同学私奔了。她家后悔不该送女儿上学。你念了这么多书，原先也没见过我家表弟，怎么肯嫁给他啊？"

钟三多："我原先心里也不大乐意，害怕得很！后来……"

妹　姐："我表弟不光人长得英俊，心肠可好了，对我们这些穷亲戚也没架子，每次来还帮我们干活，特别会照顾人。我相信你心里肯定不后悔！"

钟三多："姐姐说到我心坎上去了。我不后悔！"

妹姐笑嘻嘻地回到上游田间去了。

远远地，传来曾章甫的喊声。

三棒鼓，舞尖刀

（张克斌摄）

金姑娘逗繁纯，说你爹来看你啦。一边说着，一边抱着繁纯走过去迎接曾章甫。

繁　纯：“爹——”

曾章甫大步流星就到了田边，接过繁纯就亲。繁纯咯咯咯咯笑。

钟三多背着猪草篓也走过去迎接曾章甫。

曾章甫：“妈！三多！你们都瘦了，繁纯却胖了很多。”

钟三多：“不修水利了？”

曾章甫：“农忙时节，水利队散了。明年冬春再干。但是看这情况，明年也许没我的份了。”

曾章甫说这话时，抑制不住地流露出悲观和难过。

金姑娘想让小夫妻说说话，便抱着繁纯走开，去追衔泥的春燕。

钟三多：“曾章甫！”

曾章甫：“嗯？”

钟三多：“家里都好吗？”

曾章甫：“虽然还没大变化，但感觉暴风雨要来了。”

他俩一边聊着，一边欣赏桃花，一边在江堤漫步。曾章甫从钟三多背上取下猪草篓，挎在自己肩上。

钟三多：“这些天在这里，我总想起孟子的话，‘生于忧患，而死于安乐’。过惯了顺畅日子，不是好事。”

曾章甫：“我知道！难为你一个女人家，想到这一层。”

钟三多：“男女都顶半边天。你拒绝广州的潘心怡小姐而娶我，我不能让你后悔！”

曾章甫苦笑：“猴年马月的事了，你提她干什么？”

钟三多：“这边暴风雨将至，她在广州怎么样呢？”

曾章甫：“祝愿她平安无事。”

钟三多：“章甫！你看那些桃花，被雪冻过，但依然娇艳。”

曾章甫：“受你的启发，我学造一句——你看那江水，虽然历经九弯十八拐，但依然向前！”

钟三多：“我们约定，不管么子样的情况，我们都要以最大的韧性过日子！”

曾章甫：“嗯！”

29 曾家　黄昏—阴—内（夏）

金姑娘、钟三多带着繁纯，背着竹篓、布袋，走到曾家。

一身农民打扮的曾浩之坐在台阶上，阴沉着脸。

金姑娘和钟三多一眼就看出家里变了模样。

金姑娘：“这是怎么了？”

曾浩之：“家没了！”

金姑娘冲进仓房，稻谷、白米、米粉、面粉早已被席卷一空，只留下杂乱的痕迹。

钟三多冲入房间，衣柜不见了。原先放衣柜的地方，与周围的地面显出不一致的色调。

金姑娘像霜打的茄子般，蹒跚地走出来，抽泣着。

这时，已然是农民打扮的曾大丰、曾章甫两兄弟，扛着锄头，满身泥灰，回到家里。

30 李春舫家　黄昏—阴—外（夏）

曾大丰的小老婆王凤仙走到李春舫家借米。刚走到地坪外，正好李春舫的儿子牵着一头黄牛回来。

李儿子："爸妈！（朝向王凤仙）凤姐！快来看，我家分到一头好黄牛！"

李春舫两口子闻声从厨房跑出来，高兴地围着黄牛转。春舫妻突然抹起了眼泪。

李春舫："凤仙来了！看你表婶娘就是爱哭。我们这些穷人翻了身，刚分了三亩多水田、五块土，这回又得了头牛，日子突然亮堂了，实在是高兴！（他自己的眼眶也湿润了）"

王凤仙（失落）："表叔！你们是应该高兴。（因愧疚而降低音量）我婆婆和三多带繁纯回来了，这次得多借点。"

李春舫："张纯娇还没回来啊？"

王凤仙："还没。最好不要回来，家里没吃的！"

春舫妻把王凤仙的空袋子拿进屋去盛米。

李春舫："莫着急，就要夏收了。（陶醉地打量着黄牛）你们认识这头牛不？这家伙扎实得很，一看就是头耕田的好货！"

“桃江二人转”地花鼓

（张克斌摄）

李儿子："七里村胡地主家的牛！就我家命好，一下就挑到了！"

春舫妻提着满满的米袋子出来。

王凤仙把米袋子放到竹篓里，背上竹篓，千恩万谢地告辞。

31 鸭老公家门外 傍晚—阴—外（夏）

鸭老公的茅草房外摆着一张竹凉床。他仰卧在凉床上，一只碗搁在地上。他捏着筷子敲打碗，嘴里哼着花鼓淫调："被窝里头摸啊摸，摸了两个肉坨坨……"

王凤仙在他家门外的丫路口停下来，她迟疑了一下。她本可以一直走下面的路，但她迟疑之后，理理头发，往上面的路走，从鸭老公的地坪经过。

王凤仙："耀叔！唱得蛮好听啊。"

鸭老公吃了一惊，迅速仰面坐起。

王凤仙："耀叔，才晓得你嗓子这么好！"

鸭老公："喜欢听？"

王凤仙："喜欢！不过今天没空，金姑娘回来了，我去借了点米，赶着回去煮饭。哎，你今天分到么子东西了？"

鸭老公："运气差，跟二狗合分了一匹骡。耕不了田，拉拉红薯包谷是好货，送谷也不用自己挑了。"

王凤仙："李春舫家刚分了一头黄牛。"

鸭老公:“他运气好。忙时换着使呗!拉货时,他的牛不如我的骡。耕田时,我的骡不如他的牛。(一边说话一边拉起王凤仙的手)可怜你这一身光滑皮肤,让柴烟熏了!”

王凤仙眼角泛泪光,伤感地说:“黑就黑吧,反正我已经是个农民婆了!耀叔,你见多识广,如今在民协说话顶用,我请教你一个问题,你说曾家会不会有危险?”

王凤仙想抽回自己的手,却被鸭老公捏得紧紧的。

鸭老公故意压低声音:“那国民党乡长这些天是不是吓得屌都硬不起来了?有大危险!不是我吓你,死活难料!”

王凤仙:“那我呢?”

鸭老公:“你嘛,得看你的表现!”

王凤仙:“耀叔!求你老人家帮忙关照我!我一定好好表现!”

鸭老公一把揽住王凤仙的肩膀,贴着她的耳朵,闻着她的体香,说:“好说,好说。莫喊耀叔,我是你的干哥哥。”

32 曾家地坪　日—晴—外(冬)

钟三多用带细齿的谷耙翻晒着晒簟上的山茶油籽。

太阳照射下,黑黑的山茶油籽泛着光。繁纯围着四方形的晒簟跑。

曾章甫从外面走来。

曾章甫：“三多，上面来征兵，我想去抗美援朝！”

钟三多的第一反应是惊讶和不舍。但她旋即觉得这是一桩好事，突然感到很振奋。

钟三多：“一人当兵，全家光荣。如今家里这状况，你抗美援朝是条好出路！原先的穷人家分了田土得了牛马，干劲十足，我们也不能落后！”

曾章甫：“我也想干劲十足，只担心没人肯要。”

钟三多内心认同曾章甫的担忧，看着曾章甫忧伤的眼睛，她努力装出无所谓的表情，淡淡地说：“去是好事，不能去也不要紧。看开点！”

33 乌旗山广场　日—晴—外（冬）

广场台上，站着七八名披戴大红花的新兵。

广场处的树上、土墙上张贴着“抗美援朝，保家卫国”“一人当兵，全家光荣”等标语，还依稀看得到写着“减租退押”“清匪反霸”的旧标语。

新兵的家人们在台下，有的面带笑容，有的在抹泪。

曾章甫失落地站在台下的一棵树下。鸭老公走上前去搭话。

鸭老公：“我就知道你报名顶个屌用！你家是地主，谁敢让你拿枪？”

曾章甫沉默不语。

34 曾家地坪　日—晴—外（冬）

曾家地坪鞭炮响个不停。

风吹开浓浓的鞭炮烟雾，看到一间大屋的门框上竖挂着一个牌子：乌旗山乡人民政府。

人民政府搬进了宽敞明亮的曾宅，正举行热烈的挂牌仪式。

不同姓氏的贫雇农家庭也搬进了富丽漂亮的曾宅。

金姑娘、王凤仙和张纯娇分别站在偏房门口哀怨地张望。

王凤仙："住惯了大屋，哪里住得了这么间偏房啊。"

张纯娇："把五个男女关在一起，养猪养狗都不如啊！"

金姑娘抹着眼泪，转身进了房。

35 曾家地坪　黄昏—晴—外（冬）

钟三多、曾章甫用大竹帚清扫鞭炮屑。

曾大丰的一对儿女和新搬入的众多小孩在稀稀拉拉地燃放着捡来的鞭炮。

贫雇农孩子嫌曾大丰的儿女抢捡了他们的鞭炮，一个清脆的童音骂道："这是贫雇农的鞭炮，反动乡长崽子滚远点！"

张纯娇跑过去，把两个受委屈的孩子拉到一边，安慰说：

三棒鼓，舞棍（张克斌摄）

"不捡不吃亏，炸瞎他们的眼睛！"

夏石头坐在他新分的房子前美美地吸着喇叭烟。他的房子是张纯娇原来的住房。

夏石头："说实话，我还不如住马房呢。"

曾章甫："石头叔是闻着马粪都舒坦！"

夏石头："苦了瞎眼奶奶和浩老爷金姑娘，带着两个孙挤一间。浩老爷这辈子哪吃过这种苦。"

众　人："大丰、章甫这两兄弟带着媳妇们怎么睡觉啊？"

36 鸭老公厨房　日—雨—内（夏）

鸭老公厨房门紧闭着。

狂风夹着雨从关不紧的窗洞里吹进来。

王凤仙穿着一件灰色的短袖衬衫和一条黑色的长裙，站在他厨房里抽泣。她一手撑着灶台，另一只手撑着自己的腰，显得憔悴。

王凤仙："连续半个多月，一天只给两餐，餐餐都是稀饭，照得出人影来，还要下田干苦力活，偏偏我这胃病折磨人！昨晚胃痛没吃东西，还是昨天早上喝了口稀饭，我感觉自己快要饿死了……"

鸭老公上身套着一件短袖衣，露出漆黑、干瘦的身体。他用铁锅铲从灶锅里舀食物到一只大碗里，嘴里不停地说："可怜！”锅里腾起的热气遮住了锅和碗，让人看不清里头是什么食物。

他把大碗端给王凤仙。王凤仙感激地接过碗筷。

（近镜头。大碗里是一条被煮烂的带汤鲫鱼。）

王凤仙：“真香！我不知多久没沾过荤了。你这鱼是救我的胃，也是救我的命啊！”

大碗还很烫，鸭老公的厨房里别说餐桌，连一个像样的凳椅也没有。灶口前有个矮板凳，那是烧火时坐的，坐着吃东西不合适。王凤仙只能站着，小心地端着大碗，贪婪地吸着鱼的香气。

鸭老公：“恰好昨天在溪里捉了两条鲫鱼，昨晚吃掉一条，好像知道你会来似的，我心里一直给你留着。唉，可怜，你那里十个人，煎只鸡蛋还得十个人分咧。”

王凤仙：“谢谢耀叔！”

鸭老公：“莫叫耀叔，叫干哥哥！你那里一个瞎子老奶奶，两个小屁孩，哪轮得上你吃饱！”

王凤仙急切地对着鱼汤吹气。

鸭老公往王凤仙身边靠了一步，嘴巴贴紧王凤仙的耳朵。

鸭老公：“就是有点东西吃，也是张纯娇吃。她是大，你是小。你现在还好，以后她的两个崽女大了，她的势力就更大了。你没得崽女，只能吃亏啊！”

王凤仙没有说话，只顾吹着汤面的热气。

鸭老公：“莫难过。你是我的干妹妹，想开心就来我这里。

不瞒妹妹说，队里要给我分你们曾家的房，我还不肯要。你晓得为么子？”

王凤仙：“不晓得。”

鸭老公：“就是等你来。这里不热闹，能悄悄照顾你。”

王凤仙不好意思地“哦”了一下，急不可耐地动筷子，贪婪而小心地吃鱼。

此刻，汤鱼是世上最珍贵最可口的救命良药。她小心地吃着，把刺吐到地上。

鸭老公走到王凤仙背后，两只大手抱住王凤仙的腰。

王凤仙往前跨了一小步，没能甩脱鸭老公。她开始贪婪地吃着鱼，吐着鱼刺。

鸭老公似乎受到某种力量的召唤，两只大手从她的腰部往上挪，挪在她的胸前，紧紧地抱住她胸前两颗鼓胀的“蜜柚”。

王凤仙的腰身扭了两下，试图挣脱鸭老公。热碗险些跌落，她小心地端稳，鱼汤还是洒出一些，洒在右手腕上。她舍不得洒在手腕的鱼汤，贪婪地舔掉。

鸭老公松开一只手，猛地一下扯下她的长裙，露出花色的内裤。

王凤仙条件反射地半蹲，拿着筷子的右手准备提长裙，却发出痛苦的一声“啊”。她张大嘴巴，右手去拔喉部的鱼刺。

鸭老公一边说：“慢点吃！莫卡着！”一边弯下腰，扯下王凤仙的内裤。

王凤仙终于拔出了嘴里的鱼刺，这时她的裙子已跌到脚下，

桃花湖

（张克斌摄）

内裤已褪至踝部。

王凤仙：“耀叔！莫这样！”

鸭老公：“慢慢吃，你吃饱就好了。”

王凤仙想把热碗放到灶台上，以便腾了自己的两只手来提内裤，但两条腿被内裤扯住，她迈不开步。况且，她的右腿正被鸭老公的右腿盘住，内裤很难提得上来。

王凤仙：“耀叔，莫这样！要不我喊人了！”

鸭老公：“莫把鱼弄泼了！你小心吃啊！”

鸭老公的右腿死死地盘着，纹丝不动。这时鱼汤降到了合适的温度，王凤仙似乎也坦然了，她裸露着下身大口地喝着汤，继续小心地吃鱼。

鸭老公没再轻举妄动，他喘着粗气，定定地抱着光屁股的王凤仙，盘着她的右腿，等着王凤仙把碗里的鱼吃光。

王凤仙似乎加快了吃鱼的速度，她很快吃完了，不料喉咙又被卡住了。

鸭老公接过空碗和筷子，放到灶台上，一只手仍抱紧她。

王凤仙光着屁股，用手拔不出刺，疼得眼泪出来了。

鸭老公急忙松开她，打开油黑发亮的旧饭柜，取出半碗白米饭，他端过来，重新把筷子拿过来，夹住一大坨凉米饭，喂给王凤仙。

鸭老公：“不要嚼！整个吞下去！”

王凤仙表情痛苦，照鸭老公的办法，果然吞下去了。饭坨吞下去后，她的表情放松了。

鸭老公:“好了!”

王凤仙却又皱起了眉头,表情比刚才更痛苦:“哎哟!胃痛……”

鸭老公抱起王凤仙,走向卧房。

37 鸭老公卧房 日—阴—内 (夏)

卧房阴暗,像个狗窝。

突然一道闪电,紧跟着连续几声炸雷。

借着闪电的光亮,看清卧房的摆设:一张残破的竹桌子,桌上摆着一只满是污垢的煤油灯和一些破烂的衣裤。地上摆着两个大冬瓜、豆角之类的东西。墙角一张窄木床,挂着蚊帐,床上铺着竹篾凉席,还有一床乱七八糟的布毯。

鸭老公掀开蚊帐,把王凤仙放在床上,自己也上了床,然后把打着补丁的蚊帐扯好。

鸭老公:“我帮你揉揉!”

王凤仙:“哎哟!轻点!”

又一声突如其来的雷声,吓得王凤仙蜷缩着。

鸭老公顺势躺在蜷缩着的王凤仙身边。一只手钻到她的胃部按摩,一只手从她脖子下伸过去搂着她的肩。

王凤仙扯着布毯盖在身上,轻轻地呻吟着。鸭老公拉过布毯把自己盖上，这样，两人共盖着这张破布毯。

鸭老公：“胃病本是富贵病，可怜你现在落在穷旮旯！”

王凤仙：“这样下去，曾家何时是个头？”

鸭老公：“不是吓你！曾家有危险！”

王凤仙：“真的会要人命？”

鸭老公：“极大可能！”

王凤仙：“要老鬼的命还是我们的命？”

鸭老公：“那很难讲！”

王凤仙：“我们几个堂客的命也要？”

鸭老公：“她们我不管，我只保护你！”

王凤仙：“唉！我命苦，你要搭救我啊！”

鸭老公狠狠地说：“曾大丰活不长了！你要有思想准备！”

王凤仙的眉头因胃痛再次皱紧。

鸭老公在布毯里蹬脱了自己的短裤。

他趴到王凤仙身上，喘着粗气：“国民党乡长的屌硬不了，老子的屌成了金刚钻！”

王凤仙：“耀叔，你莫乱来！我喊人！”

鸭老公：“这么大的雷，你喊也白喊！以前看你洗澡，被那老畜生打了一顿。今天，老子不仅要看，而且要嬲！”

一道道闪电划过，看到布毯下在剧烈地抖动……

桃花江

（张克斌摄）

38 乌旗山田边　日—晴—外（秋）

钟三多带着繁纯认野菜，挖野菜。

田埂边四处插着红旗，树干上贴着标语：“废除地主阶级封建剥削的土地所有制！”“实行农民的土地所有制！”

钟三多：“这是马笋。”

繁　纯：“这是么子？”

钟三多：“这是蒿子的枯枝，春天的时候它长得很茂盛。”

繁　纯：“蒿子——”

钟三多：“对！蒿子粑粑，就是用它和糯米做的。”

繁　纯：“我要吃蒿子粑粑——”

这时，鸭老公和另一名农民从路上走过。

鸭老公：“钟三多，回去告诉你家曾章甫，他不能参加今年冬春水利队。”

钟三多：“为么子？”

鸭老公：“为么子？他么子成分？地主子弟！上面说了，防止地主分子混入我们的队伍搞破坏。”

39 曾章甫家 日—晴—内 （冬）

繁纯生病了。

她经常吃不下东西。曾章甫和钟三多以为她是挑食，吃不惯开水泡青菜饭。

这天中午，忙碌了一上午的曾章甫回到家，见繁纯不肯吃泡饭，不禁发起火来。

曾章甫：“咱们就是这穷命，有得吃你就赶紧吃！你永远不可以再耍小姐脾气了！”

繁纯真的是吃不下，眼泪在长长的睫毛下打转转。钟三多把碗沿贴紧她的小嘴唇，用筷子小心地拨饭给她。繁纯很懂事地使劲吃，但刚吃一点点，就痛苦地紧闭上小嘴。

40 代郎中家 日—晴—内 （冬）

代郎中是乌旗山有名的世家郎中，四十多岁，矮矮墩墩，皮肤黝黑，让人看见就觉得踏实。他的家在江边，前门朝路，方便路人进入，后门朝江，方便船夫上下。这里既是代郎中的家，也是他看病的诊室。

钟三多抱着繁纯到代郎中家里，正有一个船夫提着两纸袋中药，从后门跳上船。

钟三多：“她老说肚子胀，吃不下东西。”

代郎中叫繁纯张嘴、伸舌，又叫她伸出手指，还帮她把了一下脉。

钟三多：“是消化问题吗？”

代郎中：“是疳疾。”

钟三多：“疳疾？！”

繁　纯：“妈妈，疳疾是么子？”

代郎中：“得挑破手指。”

钟三多：“疳疾就是你的十根手指头不乖，让你肚肚胀，让你不吃东西。现在代郎中要把你的手指头挑破，让它们不敢再害你的肚肚了。”

繁纯有点紧张，但还是很听话地伸出小手。

代郎中拿针在煤油灯焰上烧一烧，把繁纯的手指头尖一个接一个地挑破，挤出很多血水来。

代郎中：“肚子还疼吗？”

繁　纯：“不疼了。”

钟三多：“多少钱？”

代郎中：“没给孩子开药，要么子钱！”

钟三多：“那哪行！”

钟三多一边说，一边从怀里掏出一张纸币。

代郎中的堂客固执地把纸币放回钟三多的袋里，说：“你家都穷成这样！有病就来，提钱我们会生气！”

41 曾家 日—晴—内（冬）

大年三十夜。屋外有零星的炮仗声。

隔壁李家婆婆进来，塞给繁纯一个香甜可口的南瓜粑粑。钟三多赶紧起身拿碗，准备给李婆婆泡茶。李婆婆拦住钟三多。

钟三多："这怎么是好！大过年的，家里实在没么子东西回敬您老人家。"

李婆婆："莫客气。怕别个看见，怪我亲近地主。"

李婆婆说完就离开了。钟三多和曾章甫感激地送到门口。

繁纯舍不得吃，踮着脚递给钟三多吃。钟三多一阵感动，心里充满温暖和酸楚。她蹲下，嘴唇避开繁纯塞过来的南瓜粑粑，搂着繁纯，在她脸蛋上亲了一口。

钟三多："乖孩子，到奶奶那边去，把粑粑掰成三份。一份给老奶奶，一份给爷爷奶奶，一份和哥哥姐姐们分着吃。"

繁纯开心地应了一声"好咧"，便往隔壁跑去。刚到门口便摔倒在地。她哇的一声哭了起来。

繁　纯："粑粑不见了。粑粑不见了。"

桃花江边菜花黄
（张克斌摄）

42 菜园　日—阴—外（冬）

鸭老公蹲在土里栽辣椒树。王凤仙走过来。

王凤仙："耀叔！"

鸭老公站起身，四下谨慎地望了望，咧开嘴笑。

鸭老公："没人，你叫么子耀叔，叫干哥哥。"

王凤仙不放心地四下张望，高声说："这辣椒树是么子品种啊？"然后快步走近，弯腰捡起一株辣椒树苗，像在端详辣椒树苗，其实眼睛盯着鸭老公，降低音量。

王凤仙："我有了。"

鸭老公："有了么子？"

王凤仙："怀孩子了。"

鸭老公："我的？"

王凤仙："你莫不认账？"

鸭老公："哎呀我的干妹妹，我怎会不认账？我以为这辈子娶不起亲，五代单传在我这里断根。你是我祖祖辈辈的恩人！"

43 曾家地坪　黄昏—晴—外（春）

正是春忙时节。忙碌了一天的曾家人一身泥泞，疲惫地回家。

刚走到地坪口，碰上毛家滩乡的亲戚来报信。

亲　戚：“曾莲英上吊自杀了。”

曾大丰：“救过来没？”

亲　戚：“没。”

金姑娘顿时失声痛哭。

曾浩之：“因么子事自杀？”

亲　戚：“曾莲英胆子小，今天上午在批斗会上被揪上台跪了半天，下午回到家，丢下老老小小就上吊了。”

金姑娘：“我的个苦命的女咧——”

曾浩之强忍悲痛，安排曾大丰、曾章甫两兄弟立即跟着报丧的亲戚赶去毛家滩乡帮忙处理后事。

曾浩之：“你俩现在赶紧去。我和你娘稍后就来！”

两个儿子正要动身，五六个民兵和农协干部如同从天而降，把曾大丰迅速捆绑起来了。

曾浩之：“么子事抓人？”

民　兵：“抓恶霸地主！抓狗乡长！”

民兵和农协干部把曾大丰押走了。金姑娘在后头哭喊：“作孽啊——”

钟三多紧紧地搀扶着正在哀嚎的金姑娘。

44 鸭老公厨房　日—阴—内（春）

鸭老公在灶下烧着火，锅里冒着热气。王凤仙走进来。

鸭老公兴奋地去关门。

王凤仙：“不要关门，我问你个话就走。”

鸭老公：“干妹妹来了，我一会儿给你煎鸡蛋。”

王凤仙：“我不吃。我问你，曾大丰这一抓，到底放不放人啊？”

鸭老公：“十有八九出不来了。你莫上心，不要伤了肚里的崽崽啊。”

王凤仙：“会不会要关我？”

鸭老公：“冤有头债有主，狗乡长罪有应得。不会关你！”

王凤仙：“那我年纪轻轻就守寡？”

鸭老公：“守么子寡？有我啊。”

说着，鸭老公迫不及待地搂王凤仙。

45 曾家地坪　日—阴—外（春）

（半个月后）

地坪的一角，是监牢。

桃花江春色
（张克斌摄）

监牢是曾家原来的男厕加固后装上铁门改造而成的。

从监牢里出来的六个人，被五花大绑着拉出去。

全村的民兵几乎都到了。他们有的持枪有的背枪，严阵以待。鸭老公持着枪，右手的食指扣在扳机上，表情异常亢奋。

被绑着的人都感觉到了世界末日。被架着出去时，他们都像待宰的年猪一般嚎叫。

曾浩之铁青着脸，金姑娘和曾大丰的两个老婆瘫在椅子上哭。

曾大丰：“不要哭！我不怕死。老天有眼，凤仙都能怀上崽！”

女人们仍在哭。

曾浩之：“莫嚎了！该报应的都会报应！”

婆媳们终于像寒蝉遇到响雷似的静了下来。

一家人紧张地竖起耳朵，听东边山脚下的动静。

“砰！砰！砰！……”

接连响了二三一声枪声。

不一会儿，一些与曾家关系较亲近的贫雇农亲戚走向曾家。

李春舫：“造孽咧！鸭老公对着大丰的脑壳打，打得脑壳稀烂！”

金姑娘瘫倒在地，无声地抽泣。曾大丰的两个老婆哭天喊地，一片悲哀的气氛。曾浩之叫曾章甫和这几个贫雇农亲戚拆下他那间住房后门的门板。

曾浩之：“拆下来去收尸，在茶树林挖个坑埋了……”

46 曾浩之房　夜—雨—内（春）

曾章甫、钟三多和曾大丰的两个遗孀及贫雇农亲戚李春舫都挤在曾浩之的房里。

除瞎子奶奶坐在椅子上外，其他人以曾浩之为圆心，围成半圆。

曾浩之：“人多食少，我四体不勤五谷不分，带孩子也用不着我。我走后，还能省出一口饭。凤仙，最对不住你，眼看怀了肚，却遭受这个罪。春舫，你是贫农，感谢你这些日子对我们家的帮助，还请你一直关心。三多，你知书达礼，人又勤快，这个家以后要靠你多支撑！”

王凤仙和钟三多不住地点头。金姑娘绝望地哭了起来。

曾浩之：“哭么子？我出家又不是去死！不出家反倒可能是等死！莲英走了，大丰走了，风云变幻，命运无常，我会为你们祈福。风云安定后，不要找我，我不会再用俗名。佛俗两世界，从此不相逢。”

在金姑娘的带动下，女人和孩子们都忍不住抽泣。

曾浩之扑通一声跪倒在瞎子奶奶跟前，磕了三个响头。

曾浩之：“妈！我不能为您送终尽孝了，您多保重。不论子孙遇到什么事，您不要操心。阿弥陀佛——”

说完，曾浩之起身，拍拍膝盖，转身在墙上取下蓑衣披上，趁黑步入雨中。

47 香港某宾馆房内　黄昏—晴—内　（夏）

潘心怡穿着白色碎花的蚕丝连衣裙，正在宾馆内靠窗的沙发上翻着杂志。

曾爱武开门进来，满脸喜悦。

潘心怡：“谈得怎样？”

曾爱武：“那还用说！顺利得很！今晚咱去吃大龙虾！”

潘心怡：“爱武，我下午一直在想一件事。”

曾爱武：“么子事？”

潘心怡：“咱在台湾时老念叨着曾章甫，这次咱到了香港，不是可以写信给他吗？”

曾爱武：“咦，对啊！你写吧，我告诉你地址。别提我的名字，乌旗山人肯定做梦都想枪毙我，别拖累曾章甫。”

潘心怡：“不知他现在苦成么子样！咱下午一笔生意，在他那里肯定是天文数字。要不，寄点钱给他吧？”

曾爱武：“行！投石问路吧，去兑换一点人民币，别寄多了，他未必收得到，也许半路丢了，还会增加他的罪状。从心里讲，他是我的好朋友，又是你的救命恩人，我恨不得给他寄一座金山！”

潘心怡：“他一定想不到我嫁给了你。咱去对面照张相寄

桃花江风光

（邓燕盛 黄霖摄）

去吧。”

曾爱武：“我陪你去照，我不能露脸。”

说完，曾爱武温柔地在潘心怡的脸颊上轻轻一吻。

48 曾家菜地　黄昏—阴—外（夏）

钟三多从一个大木桶里舀水，泼向一片辣椒树。

繁纯在捉菜叶上的蚱蜢。

曾章甫穿着长裤，光着上身，双手各提着一个盛满水的大木桶走来，取走已舀光水的空木桶，准备去提水。他滚圆的肩膀、突起的腹肌，显得那么健壮有力。

夏石头走过来，轻声喊：“曾章甫！”

曾章甫、钟三多齐声喊：“石头叔！”

夏石头：“我刚从乡政府回来。幸亏是我，否则有大麻烦！”

钟三多紧张，声音有些颤抖：“么子事？”

夏石头从裤袋里掏出一团纸。他两只手捏着纸的两头用力扯，使那团纸平展些，原来是一封信。

曾章甫：“信？哪来的？”

夏石头压低声音，用意味深长的眼神看着两人：“内详。”

曾章甫迟疑地接过信。

（特写镜头：女人娟秀的字体。来信地址写的是“内详”，邮戳上盖着两个令人窒息的字：香港。）

夏石头转身离去。

才走上田埂，夏石头折转回来，低声说："看完烧掉！"

曾章甫把信塞进裤袋，一声不吭地把刚提回来的水倒在丝瓜藤下，提着两个空水桶，说："回家吧！"

钟三多赶紧抱起繁纯，跟着曾章甫离开菜地。

49 曾章甫家 黄昏—阴—内 （夏）

在屋内的小窗户下，曾章甫和钟三多的脑袋挤在一起。

曾章甫迅速撕开信封，往下一抖。

钟三多赶忙伸出两手去接，接到三样东西：一页信纸，一张相片，一张拾圆纸币。

（特写镜头：一张被折皱的黑白相片，一个穿着白色碎花连衣裙的时尚漂亮的年轻女人。照片中的她，恬静、高雅地微笑着，与乌旗山的女人，像是两个世界的女人。）

曾章甫："潘心怡！"

画外音（潘心怡的声音）："四年前我跟随父母到了台湾。真是无巧不成书，我的先生来自你老家，为了避免给你带来麻烦，现隐去他的名字。他向我描述了你的太太钟三多，说你娶了一个与你非常般配的好女人。也许你们现在生活有困难，我们帮不上什么忙，寄来一点钱，希望你能收得到。"

钟三多的鼻尖渗出细细的汗珠："她嫁给了曾爱武？"

曾章甫点了点头。

钟三多："怎么办？"

曾章甫："马上烧掉！"

钟三多："石头叔会告密吗？"

曾章甫："应该不会，否则他不会把信给我们，不会叫我们烧掉。"

钟三多划燃一根火柴，把信点燃，丢进灶洞里。

曾章甫看了看相片，也扔进灶洞里。

50 乌旗山广场　日—晴—外（夏）

广场上，有个男干部在维持秩序，有个女干部模样的人用扩音喇叭在宣讲。台下闹哄哄地聚着上百名群众。鸭老公、曾章甫、钟三多、张纯娇、王凤仙等都在台下站立着。

女干部："新中国的婚姻法，人人要学！"

男干部："大家安静！安静！专门从县里请来王干部给我们宣讲。我告诉你们，只要你们认真听，堂客们可以嫁个好人家，光棍也可以讨老婆了。"

群众兴奋地起哄。

女干部："婚姻不再由父母包办了，娶妻嫁夫再不能受逼迫了，也不可搞买卖婚姻了，娶谁嫁谁自己说了算。"

群众一："那当爹娘的当不了家了！"

女干部：“一个男人只能娶一个老婆，不能再纳妾娶小老婆了。”

群众二：“那要……要……抢地主的小……小……小老婆啦！”

群众三：“二狗！只要你狗日的抢得到！”

女干部：“丈夫死后再不要守贞洁，不要立牌坊了，寡妇再嫁，这不仅是寡妇的权利，也是寡妇的义务！”

男干部：“咱们乌旗山还有很多贫雇农没老婆，寡妇资源不能浪费！”

那个叫二狗的农民亢奋着，挤到王凤仙、张纯娇身边。曾章甫见状，带钟三多和两个嫂子准备离开。

二　狗：“没……没散会咧！不……不要走！”

鸭老公和几个光棍凑到二狗面前。曾章甫和钟三多趁机带着两个嫂子匆匆离开了。

光棍一：“二狗！你相中哪个？”

二　狗：“我……我……觉得乌……乌旗山的女人里面，曾大丰的两……两个媳妇最漂……最漂亮！”

鸭老公：“那两个你都要？”

二　狗：“大……大……老婆带着两……两……两个崽女，老子不……不愿意帮狗地主曾大丰养……养崽女。但那小老婆王……王凤仙挺着个大肚子，娶进来大……大半年没……没用，睡不了！”

光棍二：“那还不容易？叫王凤仙流产啊。”

桃花江冬景

（张克斌摄）

二　狗：“对！我……我……我搂着她睡，猛……猛……猛戳！”

鸭老公对着二狗的裆部狠狠一脚，骂道：“你狗日的敢！”

二狗双手捂着裆，痛苦地栽倒在地。

51 曾章甫房　夜—雨—内（夏）

一道闪电，接着几声雷响。

借着闪电的光，可以看到曾大丰两个遗孀一头一脚两张熟睡的脸。

同一间房里，隔着一块破竹席，是另一张床，曾章甫和钟三多盖着布毯，搂着睡在一起。

曾大丰的两个遗孀发出均匀的鼾声。

曾章甫轻轻地给钟三多抹眼泪。

钟三多：“还记得不？我们约定过，不管么子样的情况，我们都要以最大的韧性过日子！每一个人，活着就要好好地珍惜，因为我们都会死很久很久。”

曾章甫：“我命都快没了，余下的日子要靠你了。”

钟三多：“不会的！我相信你不会有事的！”

曾章甫：“万一我被抓走，你就立即去告发我，说我接到了曾爱武的信。”

钟三多一只手迅速捂住曾章甫的嘴，侧头看了看破竹席，低声说："莫傻！"

曾章甫："我不傻！我如果被抓了，就肯定是活不了了。你告发我，就会立功，你和孩子就能好好活下去。"

钟三多："莫傻！我不答应你！"

曾章甫："还有，你听我说！如果我死了，你要答应我带着孩子嫁到远处去！"

钟三多鼻子一酸，泪就涌出来了。

钟三多："我还想要个孩子！"

曾章甫轻轻"嘘"了一声，侧头朝破竹席看了看，用手抚拭钟三多的眼泪。

钟三多微微吸着鼻子，紧紧地抱曾章甫："繁纯得了这病。我想再给你生个孩子。"

曾章甫会意。两人开始在布毯下窸窸窣窣。

破竹席那边床上发出有人翻身的声音，其中一个人的鼾声停住。

曾章甫和钟三多的布毯立即没了动静。

不一会儿，停下的鼾声接着响起。

曾章甫和钟三多的布毯又窸窸窣窣了。

52 金姑娘家外　日—晴—外（夏）

曾大丰的两个遗孀张纯娇、王凤仙出嫁。二狗、鸭老公在众人的簇拥下接人。

金姑娘：“纯娇、凤仙，替你俩高兴。这回嫁到贫农家就享福了。以后你们还是我的女儿。瞎子奶奶和大丰的在天之灵会保佑你们的。”

二　狗：“金姑娘，你……你掉么子泪啊？张……张纯娇嫁到我……我家，共……共一个地坪，放……放个屁都……都听得见！”

钟三多帮张纯娇整整头发，又帮王凤仙擦擦腮红，说：“你们永远是我们的嫂子！”

众人在起哄，说住在二狗隔壁的光棍夏石头夜里会睡不着。

众　人：“石头夜里会发烫咧！二狗把床扎稳点，莫要吱吱呀呀的，挠得石头心里痒。”

夏石头：“我懒得痒！”

金姑娘：“鸭老公和二狗你们听好，要是欺负她们和几个孩子，我死也不会放过你们的。”

鸭老公：“你莫操闲心了，我们走啦！”

53 曾章甫房　晨—晴—内（秋）

曾章甫在矮木桌旁喝稀饭。

钟三多正在一小勺一小勺地哄着繁纯喝稀饭。

几名背着枪的民兵和农协干部闯进来，其中有手持步枪的

桃花江晚霞

（张克斌摄）

夏石头。两名民兵拿着绳索扑上前绑曾章甫。

曾章甫的碗掉在桌上，稀饭淌在桌面上。

钟三多发疯似的惊叫起来。

钟三多："曾章甫他不是地主！他只是地主子弟！他是学生出身！"

干部一："我们晓得情况，你不要喊！"

曾章甫却似乎早有思想准备，一点儿也不惊讶，也不反抗，他平静地接受着民兵的捆绑，扭身对钟三多说："三多，不要难过，莫动了胎气，一定按我的话去做！"

钟三多的眼泪哗哗地流，头摇得跟拨浪鼓似的："不！"

繁纯明白是怎么回事，她哇哇地大哭，一边喊"奶奶"，一边跌跌撞撞地跑向隔壁。

金姑娘披头散发地跑进来时，民兵正把曾章甫推向门外。

金姑娘瘫坐在地，绝望地哭起来："祖宗快睁眼呀……"

54 地坪　晨—晴—内　（秋）

曾章甫就被关押在由曾家的男厕改造成的监牢里，就是曾经关押着曾大丰等六名被枪毙的地主分子的屋子里。

钟三多穿着宽大的外衣，一副怀孕的样子，她试图向监牢靠近，但被值勤的民兵喝令止步。

民兵没有拦挡繁纯。繁纯跑向监牢的门口，朝铁门里叫：

“爸爸！”

钟三多眼泪像断线的珍珠直往下掉。她明白，此刻她离曾章甫虽然只有几十步远，但只要农协一粒“花生米”，曾章甫与她就会远隔阴阳。

55 乡政府办公室　日—晴—内（秋）

钟三多抱着繁纯，到乡政府找农协的干部。乡政府就在原来的曾宅，只隔几间屋。

没等钟三多开口，农协的一个干部就向她讲明政策。

干　部：“你应该替曾家和曾章甫坦白犯罪事实，争取政府宽大处理。”

钟三多：“曾章甫是学生出身，一直在外老老实实上学，没干过坏事。在广州读书时还救过落水同学，他去年还报名当兵要抗美援朝呢！”

干　部：“那你告诉我！我们抓曾章甫时，他叫你按他的话做。他叫你做么子？”

钟三多：“他说傻话，他叫我带孩子嫁人，我不会听他的。”

干部笑了起来：“哈！他蛮想得开嘛！你回去吧！人民政府不会放过一个坏人，也不会冤枉一个好人！”

钟三多：“干部！我向你打听一个人，浮邱山有个参加了解放军的人叫刘孟良，你认识吗？”

干　部：“我哪认识这么远的人！”

钟三多：“那我请两天假，我去浮邱山找他。”

干　部：“不行！你是地主亲属，一步也不许离开村子！你离开村子就是逃跑，曾章甫就得立即枪毙！”

钟三多没法子，只得抱着繁纯往回走。她边走边回头，肯定地说：“曾章甫不是坏人，他是好人！”

56 曾家菜土　日—晴—外（秋）

钟三多微微挺着肚子，独自一人在菜园里锄草。夏石头背着枪走来。

夏石头：“钟三多！挺个肚子还敢拿锄头？”

钟三多：“石头叔！曾章甫为么子被抓？是因为那封信吗？那是他的同学写的，那同学掉在水里，是曾章甫给救上来的！”

夏石头：“我没跟任何人说，你莫瞎猜！”

钟三多：“石头叔！曾章甫他是好人，他不是坏人！求您帮他到人民政府说句公道话！”

夏石头：“三多啊，曾章甫是我看着长大的，我能不操心吗？但是，你要有心理准备，上面要抓地主子弟，一切只能按上面的搞。只怕他的命保不住了。”

钟三多：“那还要不要天理？他没做过坏事！”

夏石头：“要认命。张纯娇、王凤仙她们现在不是好好的吗？二狗以为我相中了张纯娇。其实张纯娇倒也相中了我。”

钟三多沉默不语。夏石头见钟三多不接话，便主动接话。

夏石头：“知道我为么子不跟二狗争吗？我……”

钟三多：“您真的没告密吗？”

夏石头：“我真的没告密。你这话倒提醒了我，如果，我是说如果啊，如果曾章甫真的没救了，你就去告密立功，这对你娘俩有好处！”

钟三多：“我不！”

夏石头：“我是说如果！如果他反正是个死，你就应该抓住机会立功。你立功就是好人，你女儿和肚里的孩子就都有了希望。你不替自己着想，也该替孩子着想！”

钟三多：“石头叔，您有机会去浮邱山吗？”

夏石头：“我天天守着这里，哪能跑到浮邱山去？你浮邱山有么子事？”

“哦，那谢谢了。”钟三多收起锄头，匆匆离开菜土。留下夏石头愣愣地站在那里。

57 监牢门外　日—晴—外（秋）

繁纯在监牢门口，两只小手抓着铁栏。

曾章甫隔着铁栏门蹲着跟繁纯说话。

曾章甫：“把手指给爸爸看看！”

桃花江山泉瀑布

（张克斌摄）

繁纯把两只小手的十根手指头朝上，伸进铁栏。

繁　纯：“代郎中又给我挑破，我没哭。”

曾章甫：“嗯！真乖！奶奶和妈妈都好不？”

繁　纯：“都好。妈妈叫你莫操心。”

曾章甫的眼泪不自觉地流了下来，他用手擦擦脸。这时，繁纯看到了他白衬衣背上的血迹。

繁　纯：“爸！你那里出血了吗？”

曾章甫：“哦？爸爸不乖，吃李子[①]的时候不小心，把李子的汁弄到身上了。”

繁　纯：“爸不乖！你那里还有李子的汁！”

曾章甫低头一看，自己胸前的血迹也已暴露在女儿面前。

曾章甫：“爸下回一定乖，再不把汁弄到衣服上了！你回去告诉妈妈，叫她听爸爸的话！”

58 曾章甫房　日—晴—内（秋）

钟三多正在灶里烧火。

繁纯从外面进来。

繁　纯：“妈！刚才我去看爸爸了。”

钟三多：“你爸咋样？”

① 桃江常见水果，味酸，汁红如血。

繁　纯：“他不乖，他吃李子弄脏了衣服，衣服上到处红红的。”

钟三多紧张地“啊”出声。

繁　纯：“妈妈你怎么了？爸爸叫我告诉你，叫你听他的话。”

钟三多再也忍不住了，一把抱过繁纯，泪水打湿了繁纯的脸和头发。

59 曾章甫房　夜—晴—内（秋）

床上，繁纯已经睡着了。

钟三多躺在繁纯身旁。

从窗口透下月光。借着月光，可以看到钟三多两只手在被子外，手里拿着一把火柴杆。

（两个人的画外音：）

（曾章甫的声音）我如果被抓了，就肯定是活不了了。你告发我，就会立功，你和孩子就能好好活下去……

（夏石头的声音）你立功就是好人，你女儿和肚里的孩子就都有了希望。你不替自己着想，也该替孩子着想！

钟三多手拿着火柴杆，每说一句，左手的火柴杆就递一根到右手上，她轻轻地念：“告发，不告发，告发，不告发，告发，不告发……”

最后一句说到“告发”时，恰好左手的火柴杆全给完了。

“不——”她低低地嚎叫，无奈地把火柴杆放入枕边的火柴盒里。

60 乡政府办公室　日—晴—内（秋）

两名干部在研究工作。

这时，钟三多挺着肚子走进来，脸上是忧虑、胆怯的神色。

钟三多：“干部！我家曾章甫么子时候能出来？”

干部一：“马上放人！回家煮饭去吧！”

钟三多：“真的？”

干部二：“你们要感谢党的政策！上面通知，对学生要区分对待，没有血债和重大民愤者，统统释放。”

钟三多：“曾章甫没有血债，也没有民愤……”

干部一：“行了行了！叫你回家煮饭迎接他！”

钟三多：“谢谢干部！”

钟三多深深鞠了个躬，泪水一涌，快步离开了。

61 曾章甫房　夜—晴—内（秋）

昏暗的煤油灯下，曾章甫垫着被子半躺在床上，脱光了上衣，裤管挽在膝盖上。

桃花江竹海
（张克斌摄）

曾章甫：“白白挨了几顿打，真冤！哎哟……”

钟三多心疼地查看曾章甫身上落下的伤，她用棉花沾上茶籽油，轻轻地擦在曾章甫的每一处伤口上。

钟三多：“你怎么要跟人家硬扛啊？明伤好治，吐血的伤是暗伤，怎么治啊？”

曾章甫：“小命没丢就好，幸亏你没去告发，哎哟！我要是落了残疾，可得拖累你和两个孩子了。”

钟三多拿过一件衬衣，帮曾章甫穿上，又拿过一件厚外套，帮曾章甫套上。

曾章甫欠着身，吃力地把裤管放下去。

钟三多：“下面没伤吗？”

曾章甫把右腿裤管往上提了提，问：“刚才你不是检查了？”

钟三多：“把裤子解开！”

曾章甫：“哎呀，那没伤。”

钟三多把茶油碗放下，右手捏着棉花，和左手一起解曾章甫的裤带。

钟三多：“我是你堂客！不检查怎放心！”

曾章甫顺从地帮着往下褪裤子，一边呻吟：“哎哟——”

钟三多：“你要是落了残疾，我就是家里的顶梁柱！”

曾章甫：“感谢政府实事求是，免我不死。我以为我会像我哥一样挨‘花生米’呢。”

钟三多：“我就知道你不会有事的。”

62 乌旗山路上 日—晴—外 （秋）

金黄的稻田，白色的棉花，铺满乌旗山的田间，一派丰收的景象。

曾章甫瘸着腿，挑着两只灰黄色的篾箩筐，当起了走村串道的货郎。

迎面碰到背着枪巡逻的民协干部。

干 部：“念你挨了打，身子差，允许你当货郎，我再强调一遍，不许离开乌旗山，离开乌旗山地界就是叛逃。”

曾章甫唯唯诺诺地放下担，点头称是，待干部走了，才重新挑起箩筐，一瘸一拐地走了。

63 代郎中家门口 日—晴—外 （秋）

曾章甫挑着货筐瘸着腿走来，经过代郎中家时，被代郎中夫妇喊住。

代郎中：“曾章甫！拿几辊[①]麻线。”

曾章甫：“代叔，要几辊？”

---

① 桃江土话，量词，意为“团”。

代郎中："两辊吧。你这麻线捆药蛮好！"

代郎中堂客一手端着一只瓷碗，另一手拿着两只鸭蛋走出来。

（近镜头。碗里有两条草鱼，每条约摸半斤多。）

曾章甫："两辊麻线哪值你这么多东西！"

代　妻："莫见外！我的鱼不值钱，船夫送的，已经腌了盐！"

曾章甫："代叔，你一家都是好人，我有个话请教，我家繁纯的病，花钱能不能治好？"

代郎中："不是钱的问题，城里达官贵人家的孩子得了这病，也都没办法。"

64 乌旗山曾家祠堂　日—晴—外（秋）

绵延的竹山下是曾家祠堂，祠堂门口挂起一块简易的牌子：乌旗山小学。

祠堂外响起热烈的鞭炮声。

干　部："乡学乡办，村学村办！贫下中农的崽女一定要来上学！"

群　众："共产党万岁！泥腿子的崽女也要当识字先生了！"

美人窝的桃花林
（邓燕盛摄）

65 代家门外　日—晴—外（秋）

钟三多在贫农代家帮忙晒衣服。

金姑娘在一旁，帮代家摇着摇窝，哄着摇窝里甜甜笑着的孩子。

钟三多晒好衣服，倒掉大木盆里的水，问代家的老奶奶代四妈。

钟三多："代四妈！您看看衣服洗得干净不？"

代四妈："三多洗的，还有么子挑剔的！洗得跟新的一样！"

代家的孙子在门口的木桌上做家庭作业。他拿着作业簿过来，叫钟三多帮忙检查。

钟三多："写得很好！只是'玉'字不能少一点，少一点就成了'王'，就不是'玉'了。"

代孙子："玉是么子？"

钟三多："玉是一种美丽的石头。"

这时，夏石头牵着牛从外头回来。代孙子指着夏石头说："玉就是那个美丽的石头！"夏石头望着钟三多得意地笑。

钟三多和金姑娘起身回家，代四妈拉住钟三多，叫钟三多把一篮子洋芋头[①]提回去。钟三多推辞。

---

① 桃江土话，即马铃薯。

代四妈：“你帮我洗了半天衣服！这是你应该得的！”

钟三多：“邻里之间，我帮您洗几件衣算不得么子！”

代四妈：“你听话！莫叫我这个老太婆给你提去！”

钟三多没办法，只得提起洋芋头。

66 曾家茶籽山 日—晴—外 （秋）

又是一年寒露。曾家的茶籽树硕果累累。

钟三多挺着肚子爬在树上，用木钩用力地钩树枝，把远枝钩到近边。曾章甫在树下帮忙拉扯，也顺势采摘茶籽。

繁纯在一旁用蕨管吸茶花里的蜂蜜。

曾章甫：“我也上树。”

钟三多：“不行！你身子还没康复！”

曾章甫：“你可千万莫摔着，摔下来就是两条命。忘了跟你说个事。昨天乘之婶喊我买针线，她主动提起教你织布。所以，我准备帮你买台织布机回来。”

钟三多：“那是好事，只要乘之婶肯教，我就好好学！”

钟三多在茶籽树上摘到两个茶苞[①]果，从树上扔下来给繁纯吃。

① 山茶树的一种异化果实，空心，可生吃，味清甜，较少见。

山下有村干部喊钟三多，钟三多站在茶籽树上急忙回应。

干　部：“钟三多，你大喜事！”

钟三多：“哪来的喜事？”

干　部：“村里成立绘画队，推荐你去画政治宣传画，画得好还会推荐到乡里去画，这可是大好事啊。看你政治表现不错，又有特长，才破格推荐你的。”

曾章甫：“感谢政府！感谢五叔！”

干　部：“机会是好难得咧！本来不要地主子弟的。如果钟三多画到乡里去了，那就是乡干部了。曾章甫你也不要再当货郎了咧。”

钟三多：“感谢您推荐！”

干　部：“不是我推荐的。村里的绘画队长是夏石头，他点名推荐你的。”

村干部说完离开了。曾章甫很兴奋。

曾章甫：“太好了。咱们不要织布机了，等着看你的政治画！”

钟三多：“我不去！”

67 曾章甫房　夜—晴—内（春）

钟三多唱着儿歌，哄着怀里的繁纯睡觉。曾章甫满怀怜爱地弯下腰查看繁纯。

桃花与美人

（张克斌摄）

曾章甫：“睡着了？”

钟三多：“明晚又得去代郎中那里挑手指了。”

曾章甫：“你身子骨娇嫩，不适合干农活，现在让你画政治画，多好的事咧！”

钟三多：“女儿病成这样，婆婆一病不起，你还没康复，我去画画，谁照顾这一家子？”

曾章甫：“你是不是感觉石头叔对你有企图？”

钟三多：“莫瞎说，石头叔是好人，但我不愿意跟他待在一起。”

68 桃江镇街面　日—晴—外（冬）

桃江镇在资江边的凤凰山下，临江有一排陈旧而热闹的门面。织布机作坊在街尾山坡上，靠近天问台[①]。

曾章甫和贫雇农表叔李春舫在织布机作坊停下。

曾章甫：“怎么卖？”

作坊主：“八块。”

曾章甫高兴地瘸着腿走进店里。

曾章甫：“我要一台！”

---

① 天问台在资水之滨的凤凰山顶，是伟大的爱国诗人屈原作《天问》之地。

作坊主:“有眼光！今年各地的棉花丰收，找你家织布的肯定多！要送货不？”

曾章甫:“要送货，乌旗山。”

作坊主:“好，工钱四块！”

曾章甫:“这么贵？”

作坊主:“你这么远！两个工人，一人两块不算贵。”

李春舫:“一个工人就成，我能挑呢。”

曾章甫从内衣袋里掏出潘心怡寄来的十元钱，递给老板。

69 稻田　日—晴—外（春）

这天上午，钟三多挺着大肚子弯着腰吃力地在秧田扯秧，听到一群人高声呼喊。

她吃力地直起身，朝那群人望去。她看到了曾章甫。她见曾章甫甩掉货筐，瘸着腿欢快地往天上蹦。

“抗美援朝胜利了！”“我们打败了美帝国主义！”钟三多听到他们在喊。

四周的人都跟着喊。

不一会，乡政府门口响起了鞭炮声。乌旗山沸腾起来！

70 曾章甫房　日—晴—内（春）

织布机咔咔咔地响。

钟三多坐在织布机上，两只脚踩在两只脚踏板上，两手把梭子丢过来丢过去。

曾章甫（在一旁看着，听着织布机的声音）："真好听！你是在织布吗？哦，不！你是在编织我们美好的生活！"

钟三多（扑哧一笑，回头）："瞧你，都成诗人了！"

71 乌旗山茶校林坟地　日—阴—外（春）

一座低矮的新坟，没有墓碑。

钟三多、曾章甫、繁纯及曾大丰的两个崽女头缠洁白的孝布，哀伤地跪在坟前。

张纯娇、二狗、鸭老公肃立一旁，王凤仙抱着婴儿也站着。

鸭老公："人死不能复生！都回去吧。金姑娘就在这儿睡吧。浩老爷以后也许不会回来跟金姑娘同穴呢！孤单！"

二　狗："莫……莫提曾浩之了，他现在是……是仙是……是鬼都不知道呢。金姑娘有曾……曾……曾大丰陪着，不……不孤单！"

72 江边 黄昏—阴—外（夏）

一阵急促的跑步声，伴随着孩子的叫声“哇——”

二狗瘸着脚，沿着江边的路，一踮一踮地追，手里拿着柴刀。

他的继子、曾大丰的儿子在前面逃，被二狗赶上，一刀劈下。有人围过去。看到孩子倒在血泊中，两条腿动弹了两下就不动了。

二　狗：“杀了这地……地主崽子！这养……养不亲的畜……生！”

张纯娇发疯地跑过来，看到血泊中的孩子，跌倒在地。

二狗揭开裤腿，腿部有一个伤口，有血迹。

二　狗：“这养……养不亲的畜……畜生，拿……拿他亲爹留给他……他的凤山砚[①]砸……砸我，我……我不杀了他，会被他……他砸死呀！”

曾章甫跑过去，发疯似的要抓二狗，被民兵死死抱住。

曾章甫：“二狗，你是杀人犯！你才是畜生！孩子才这么点大，你也下得了毒手！”

① 桃江名砚，取料于三堂街与修山之间的舞凤山中的青石页岩。

人面桃花相映红（张克斌摄）

73 二狗家　夜—阴—内（夏）

村干部和民兵们挤在二狗家。

死去的男孩直挺挺地躺在竹床上。

钟三多在擦尸体腿上的泥。

悲伤至极的张纯娇坐在竹椅上流泪，她喉咙嘶哑，已经哭不出声了。

张纯娇的女儿银花在曾章甫怀里呜呜地哭。

二狗闷声站着，脸上是又犟又横的表情。

曾章甫：“再怎么说，他还是个细伢子！”

二　狗：“我……我不杀他，他……他会砸……砸死我！”

民兵一：“地主的后代蓄意杀贫下中农，这里面有阶级仇恨！”

村干部：“好在金姑娘刚死了，不然今天也会被活活气死。行啦，大家都回去吧！”

74 二狗家　晨—阴—内（夏）

张纯娇的女儿银花大哭，二狗在屋里喊。

二　狗：“我堂客上吊了！”

村干部、民兵和曾章甫、钟三多闻声冲过去，见张纯娇直直地吊在火炉上方，长长的舌头伸在嘴外，脖子上的绳子紧紧地系在挂腊肉的吊钩上。

曾章甫：“快把她放下来！”

二　狗：“莫……莫急着放……放下来！看……看……看清楚再放！你们做……做证啊，我……我没……没动她半……半根手指头。”

钟三多和曾章甫抱住张纯娇的身体，一个民兵挥柴刀砍断吊绳。

他们把张纯娇放在地上。挺着大肚子的钟三多吃力地跪下（因为无法蹲），手放在张纯娇的鼻孔处，再站起身，摇了摇头：“没气了。”

民　兵：“昨晚没吵架？”

二　狗：“昨晚她要带……带女儿睡，不……不肯跟我睡。我……和她吵……吵了几句。”

夏石头：“天地良心，二狗！你杀了张纯娇的崽，你是她的仇人，你还要睡她，你良心被狗吃了？”

村干部：“都出去！我们要处理现场！”

民兵开始驱赶钟三多、曾章甫和其他人。

钟三多：“银花跟我！银花是我的女儿！”

曾章甫抱起抽泣的银花，和钟三多一起走出门外。

75 曾章甫房　夜—阴—内（夏）

夜里，灶边。钟三多借着灶的热气暖着身子，喂繁纯鸡蛋汤花，繁纯却不愿意张开墨黑的嘴唇。

银花在旁边鼓励繁纯：“妹妹，好好吃的哦！”

钟三多无奈地放下盛鸡蛋汤花的碗，轻轻地握着繁纯的指头尖，心疼地看着。指头尖在代郎中那里挑破了，却不能再愈合。

繁纯在钟三多的怀抱里像病猫崽一样低声地呜呜，声若游丝，渐渐没了声息。

钟三多以为繁纯睡着了，她叫曾章甫先照料银花上床睡觉。

钟三多摸摸繁纯的额头，额头还暖和着，她就有些放心。

繁纯在钟三多怀里像是睡着了，安安静静的。

钟三多叫曾章甫打点热水来。

曾章甫把一条发黄的毛巾放在破旧的搪瓷脸盆里，先倒上凉水，再从热水瓶里倒上热水，把脸盆端到钟三多身边。然后，他坐到床沿，整理他的货筐。

钟三多拧了毛巾，帮繁纯擦脸、额头。擦脖子的时候，她惊讶地发现繁纯的脖子是硬的，嘴唇没有血色。

她脑里一炸，慌了手脚，尖厉地叫了一声“章甫！”

曾章甫闻声慌慌张张地跑了过来，抱起繁纯。

桃灰公路

（邓燕盛　黄霖摄）

曾章甫:“她去陪奶奶了。你……你莫哭……莫动了胎气。”

突然，钟三多感到一阵腹痛。

钟三多:“章甫，快！要生了！”

76 地坪　夜—阴—外（夏）

曾章甫慌了神，他冲出房门，抱着繁纯的尸体，在地坪上大喊。

曾章甫:“我堂客要生了，请来人帮忙接生啊——”

银花跟着跑出去，喊:“帮忙接生啊——”

77 贫农代四妈房　夜—阴—内（夏）

“咔嚓”一下，代四妈家擦亮火柴。

这是代四爹代四妈的卧房。借着火柴，可以看到墙上贴着一张巨幅观音菩萨像。

代四妈坐在床上，迅速点亮煤油灯，穿衣穿裤。

代四爹:“你要做么子？”

代四妈:“没听见曾章甫在喊？他堂客要生了！”

代四爹:“你能去干么子？”

代四妈:“我去接生。”

代四爹："你天天烧香求神拜佛，自己家四个儿媳生崽，你都不肯接生，你今天中了邪了？"

曾章甫焦急的声音传进来："快来人帮忙啊——"

代四妈："救人要紧，我今天要破戒。钟三多是个多好的孩子啊，我不能不救。"

代四爹披着被子撑起身："你是村长的娘，注意你的阶级立场！"

代四妈已经穿好了衣服，她打开木柜，弯腰取出两个鸡蛋，吹熄灯，就往门外跑。

78 曾章甫房　夜—阴—内（夏）

代四妈跟着曾章甫跑进来，随手把手里的两个鸡蛋放在进门灶边的抹布上。

钟三多已经躺在床上待产，呻吟着。听代四妈进来，她停下呻吟。

钟三多："代四妈，我感激不尽啊……"

代四妈："莫讲这些客气话。曾章甫，你老抱着女儿干吗？快帮忙烧水。"

曾章甫："女儿刚才死了。"

代四妈："那不挖个坑埋了？不吉利，你抱着女儿快出去！"

代四妈先跑去看了看钟三多的肚子，说："先躺着莫动！"

79 曾章甫房外　夜—阴—外（夏）

曾章甫带着银花坐在门外，家里传出新生婴儿响亮的啼哭声。

曾章甫腾地站起，听到代四妈对钟三多说话的声音：“生了个带把的！”

银花欢叫起来：“太好了！我妈生了个带把的！”

80 曾章甫房　夜—阴—内（夏）

钟三多额头上包着毛巾，坐在床头，背靠着床头的墙在绣花，腰以下盖着被子。婴儿毛坨在她身旁熟睡。

两个农妇坐在她的床沿。

农妇一：“今天半个月吧？”

钟三多：“对！半个月了。”

农妇一：“取么子名？”

钟三多：“就叫毛坨。”

农妇一：“嘿，毛坨！长得真好！金姑娘保佑的！”

农妇二：“哎！这个毛线帽编得好，我喜欢！”

钟三多：“谢谢你们。”

桃江地花鼓

（张克斌摄）

农妇二：“莫讲客气话！”

农妇一：“帮我绣一床蚊帐檐多少斤米？”

农妇二：“你家真牛啊，快赶上地主了，蚊帐也绣花！”

农妇一：“你留着陈米明年吃啊？蚊帐绣花睡着香。”

农妇二：“三多，她牛，收她一担！”

钟三多：“蚊帐檐我没绣过，收十斤米吧。”

81 曾章甫房　黄昏—阴—内（夏）

毛坨快一岁了，他光着屁股坐在木架子里玩。银花很懂事地坐在旁边的矮凳上逗毛坨。钟三多的腹部又微微隆起，她在灶头烧火做饭，一边用蒲扇帮他驱赶蚊子。

曾章甫挑着货筐回来，把货筐放在墙边，从里面拿出一块东西，放在身后，一脸神秘的表情。

曾章甫：“三多，生日快乐！”

钟三多：“早上不是说过了嘛。”

曾章甫：“你看，这是么子？”

钟三多：“腊肉？哪来的？”

曾章甫：“王凤仙买了我三卷棉线，用腊肉跟我换的。她记得你的生日。”

钟三多：“明天帮我把这顶毛线帽送给她。”

曾章甫接过毛线帽，放进货筐里，接着，变魔术似的拿出两个野果。银花欢快地叫起来。

曾章甫："吃水果大餐啦！山上摘的野果，哦，不！是乌旗山山神馈赠我爱妻的生日礼物——猕猴桃！"

钟三多用菜刀把两个猕猴桃从中间切开，切成四块。

她两只手各拿半个猕猴桃，一手递给曾章甫，另一手递给银花。银花却说："妈妈生日！妈妈先吃！"

钟三多假装生气："女儿不吃，妈妈不高兴！"

银花只好接过那半只猕猴桃，她看到草黄色的肉瓤里渗透出一层香甜的液体，伸出舌头把液体舔掉。

毛坨哇哇地哭起来，银花懂事地跑过去，把那半只猕猴桃伸到毛坨嘴边，毛坨停住哭，小嘴吸猕猴桃上的液体。

82 曾章甫家门口　日—阴—外（秋）

房门打开着。

从地坪可看见钟三多坐在织布机上，织布机发出咔咔咔的忙碌的声音。

毛坨坐在地上，和银花一起玩布老虎。布老虎一看就知道不是买的，是手工缝制的。布老虎掉到前方，毛坨爬过来。

钟三多赶紧停下操作。她一手小心地捧着隆起的腹部，用脚把布老虎踢到后方。

钟三多："银花乖，告诉弟弟，不能跑到前面来，小心妈妈的梭子打瞎眼睛！”

这时，夏石头走到门外。

夏石头：“钟三多，带个消息给你。”

钟三多坐在织布机上停下：“石头叔！么子消息？”

夏石头：“我在乡政府听到上面对棉粮实行统购统销，马上就会通知各村。”

钟三多：“么子叫统购统销？”

夏石头：“就是今后要将余粮和余棉售给国家。人们家里没余棉，拿么子给你织布呢？没余粮，拿么子请你绣花呢？”

83 曾章甫房门口　黄昏—阴—外（春）

从门外看，钟三多躺在床上，腰部垫着枕头，上身微微朝上，但还不算是坐着。

曾章甫在一勺一勺地给钟三多喂红糖水。

代四妈坐在床沿，抱着一个婴儿。

代四妈：“金姑娘显灵呢，又保佑你们得了一个胖儿子。鼻子以上像三多，鼻子以下像曾章甫！越看越好看！”

曾章甫：“感谢您老人家关照，让您接生，破了您两次戒。”

这时，代村长走来。他站在门口，看到他妈在。

代村长：“听着，重要通知。”

古天问阁遗址

（张克斌摄）

曾章甫："村长，进来坐吧！"

代村长没回应，也没动。他站在门外，表情很严肃。

代村长："白天开了大会。洞庭湖区遭灾，各乡各村农忙后抽人去整修水库堤垸。你们家得派一个人参加，另一个人要抽出时间参加互助合作社劳动。"

代村长说完，掉头就走。代四妈匆匆赶出来，追上代村长。

代四妈："三伢子！曾章甫家就他两口子，还带着一堆孩子，他们能派一个人修水库？"

代村长："这几年村里一直给他家特殊照顾，这次就该他家去！"

84 田间　日—晴—外（春）

曾章甫吃力地在插秧，李春舫两口子在帮着他插秧。

曾章甫："终于收尾了，如果没有叔叔婶娘帮忙，我哭都哭不完这几丘秧田。"

李春舫："浩老爷临行前交代的，我字字记得。你家哪个人去整修水库堤垸啊？"

曾章甫："前几天我跟代村长请假，愿意以粮代工，可村长不同意。我要去，三多不同意。"

春舫妻："你这身体去不得！那种重活一天就把你搞垮。"

李春舫："那钟三多去得？一个女人家，孩子谁奶？"

曾章甫：“唉，三多铁了心了。”

春舫妻：“曾章甫绝对去不得！这身子骨一去就会磨死！三多去他们也许会安排点轻松活。”

三人一边聊着，一边在水里洗洗小腿上的污泥跨上田埂。

鸭老公朝这边走来，隔着一丘田说话。

鸭老公：“曾章甫！告诉你堂客，后天黑早到村委会集中。村里叫你们把那月崽子交给五保户曾婆婆带！你自己抽空参加互助合作社劳动，后天吃完早饭报到。”

曾章甫：“耀叔，我还是想我去，留三多在家带孩子……”

鸭老公：“你另有安排！村上关照你，让你砍柴。”

85 石碾旁　黄昏—晴—外（春）

曾家原来的石碾在磨房，但磨房分给贫雇农当住房，石碾早已被挪出来，搁在乡政府会议室的屋檐下。

钟三多在磨米粉，她刚生过孩子，体形还没恢复，显得有些臃肿。

她的小儿子饱饱睡在摇窝里，贫农曾慧堂的堂客在帮忙摇摇窝。

毛坨和银花在地坪里捉细小的泥蛙。

钟三多把米一把一把地放进上碾盘中央的空洞里，手握上碾盘中水平插着的一根木棍，推动上碾盘以铁碾圈为圆心不停地转动。米从空洞里掉下来在上下碾盘的摩擦下变成米粉，掉进石碾台伸出来的槽里。

她弯下腰，把槽里的米粉舀进一只旧木盆里。

曾慧堂的堂客在一旁叹气：“可怜这当娘的心！我没见过这么细的米粉。”

曾章甫挑着货筐走过来。

毛坨和银花兴奋地跑向曾章甫，到货筐里找吃的。

见曾章甫来了，曾慧堂的堂客起身回家。

钟三多和曾章甫感激地说：“嫂子，谢谢你！”

慧堂妻：“莫客气。米粉一定要再细再细。”

曾章甫走近，钟三多弯腰用手轻轻拨弄着木盆里的米粉给他看。

曾章甫：“磨一天啊，从早磨到晚！”

钟三多：“看，这米粉多细啊！”

曾章甫：“够细了，快回家吧。”

说着，曾章甫就俯身准备帮忙把木盆端回去。钟三多急忙阻止。

钟三多：“饱饱才四十天，喉咙小，所以要磨细些。你把摇窝先抱回去，我再磨一遍。这些细米粉熬成糊糊，会像乳汁一样溜滑滑的咧！”

乡里乐队

（张克斌摄）

86 曾婆婆家门外　晨—阴—外（春）

天刚蒙蒙亮，钟三多抱着饱饱，曾章甫提着米粉，到五保户曾婆婆家喊门。

木门“吱呀”“吱呀”地叫着，曾婆婆披着衣服打开了门。

钟三多把饱饱递给曾婆婆，曾章甫把米粉袋放在门口。

钟三多：“拜托了！刚才喂饱了奶，正睡着呢。米粉磨得细细的，请您煮成米糊糊喂他。饱饱今天才四十一天，我实在舍不得……”

曾章甫催她快走，免得赶不上村委会让大家集中的时间。

曾婆婆：“行咧，行咧，你快走吧。”

钟三多抹抹眼泪，转身疾步离开。她边走边叮嘱曾章甫：“照顾好银花和毛坨！”

身后，曾婆婆怀里的饱饱突然醒来，发出响亮的啼哭声。

87 整修水库工地　日—阴—外（春）

远镜头。水库工地人声鼎沸，人来人往。

近镜头。整修工程分成不同工种。有的挑土倒土，有的填土。稍远处有人在打夯。为了鼓舞士气，工地上插满了竹竿，竹竿上糊着纸做的小红旗。几场雨下来，有的红旗被雨淋烂了，只剩下竹竿上沾着些纸屑，有的红旗颜色淋淡了。

（特写镜头）

八个人在打夯。这是一个石夯，不算很规则的正方体，约莫有一百多斤重。这八人采用的是抬杠式，即用四根长度相同的木棍，夹紧在石夯的前后左右，用麻绳紧紧绑住，每个人负责用手抬一头棍。从高处俯视，夯就如同一个“井”字。

钟三多穿着残破的灰黑秋装，脚趾头从破胶鞋里钻出来，沾满了泥。她是这组的喊号人。

钟三多：高些儿抬哟，嘿！
重些儿压哟，嘿！
齐心抬哟，嘿！
争第一哟，嘿！
爱劳动哟，嘿！
最光荣哟，嘿！

随着钟三多喊夯号子一起一落的节奏，石夯一次又一次地抬起、落下，又抬起、又落下。

有打夯人眼尖，喊：“干部来了！”

88 整修水库工地 日—阴—外 （春）

距钟三多打夯的地方约几百米处，是钟三多这一组打夯人几个小时前打过的地。

一名干部带着两名拿铁杵铁锤、提水桶的检查员走来了。

干部仔细观察着，有时用脚踩一踩。他思索了一下。

干　部：“就这里。”

两名检查员立即在干部手指指向的地方精确地竖放一根铁杵。这根铁杵看上去一米多长、酒杯口粗。这名检查员紧紧扶着铁杵。另一名检查员挥打着铁锤。

几铁锤打下去，再用力摇晃铁杵把它抽出来。这样，地上就有了一个半米多深的洞眼。两名检查员随着干部的手指方向，在附近连打了三个洞眼。

两名检查员往三个洞眼里灌水。

（远镜头）钟三多组那八个人停下打夯，紧张地朝这边望。

（特写镜头）三个洞眼的水位几乎不见下降。

干部和两名检查员满意地点头。

89 整修水库工地　夜—阴—外　（春）

夜晚，工地召开现场总结会。

无数只熊熊燃烧的火把，映照着周围的红旗彩旗，渲染出比会议室里更热烈更庄严更扣人心弦的气氛。

干部和农民们围成一个一个的同心圆。一名干部居中，两

羞女峰秋色

（邓燕盛 黄霖摄）

名检查员立于干部左右。干部手持扩音喇叭在声色俱厉地点评。

干　部：“不到十秒钟，水就漏光了！这样的堤，是社会主义的堤吗？是对人民生命负责的堤吗？”

检查员点名，八个人陆续上场，干部和检查员退了退，让这八个人在圆心罚站。

干　部：“下游成千上万人的生命和财产，就可能毁在你们的手里！你们是人民的罪人！凡是你们打过夯的地方，都要重打。明天继续检查！”

火苗在风中跳跃，站着的八个人的脸，被火苗映照得像一条条变色龙。

90 水库工地旁农家地铺　夜—阴—内（春）

这是一个农家的杂屋，没有灯，隐约可见一个木制谷仓，一些锄头、铁锹、箩筐之类的家具。

钟三多和其他农民妇女睡在地铺上。

地铺就是一层厚厚的稻草。

大家都太累了，除了钟三多和睡她旁边的一名妇女外，其余人都打起了鼾。

另一名妇女也因为心事重重睡不着。

妇　女：“睡不着！一想起我那呆女儿，我就担心害怕。”

钟三多：“我也睡不着，我担心我的三个崽女。你女儿没爸吗？”

妇　女：“她亲爸被枪毙了，我带着她嫁给了家里原来的长工。现在这男人是个‘半呆子’。有一次我出工回家，看到他正脱女儿的裤子。那次不是我回得早，女儿准被他糟蹋了。这次出来这么久，只担心那‘半呆子’做出那遭雷公劈的事来。”

钟三多：“那是得小心呢。你出来前不如把女儿寄养到娘家呀。”

妇　女：“娘家没人咧！唉！看你奶子这么鼓，是不是刚生娃？”

钟三多：“是，今天才四十二天……”

妇　女：“四十二天？！你奶子不胀痛？”

钟三多：“是胀痛。”

妇　女：“得把奶水挤掉！去茅厕里挤掉吧，挤掉就不胀了。”

特写镜头。钟三多撑起上身，暗光中看见她满脸泪水。

91 蒙太奇

之一：乌旗山村小路上，曾章甫两肩搭着一块烂布巾，手里拿着一根两头削尖的千担（两头削尖的圆竹），双脚趿着一双补了又补到处破洞的烂胶鞋，去山里砍柴。毛坨和银花跟在他身后。

之二：乌旗山五保户曾婆婆在家门外的土里栽菜苗，门口，饱饱在摇窝里拼命啼哭。曾婆婆放下小锄头，跑向摇窝。

之三：夜里的暗光中，钟三多在茅厕里挤奶水。

之四：乌旗山五保户曾婆婆家里，曾婆婆用一只木勺子给饱饱喂米糊。曾婆婆趁饱饱张嘴啼哭时，将米糊倒进饱饱嘴里。饱饱一边啼哭，一边全部吐出，吐米糊时呛着，哭得更厉害了。

之五：水库工地上，钟三多和组员们打夯。随着钟三多喊夯号子的一起一落的节奏，石夯一次又一次抬起、落下，又抬起、又落下。

92 整修水库工地　夜—晴—外（夏）

在火把群的照映下，干部和农民们围成一个一个同心圆。

这年的整修工程完工，大家比较松散，所以同心圆呈不规则状。

那名干部在同心圆中央，手持扩音喇叭。两名检查员正协助他发奖状。

干　部：“王大丰、胡庆收、钟三多……”

钟三多和被点名的农民一起进入圆心，从检查员手里接过奖状，然后迅速回到队伍里。

93 整修水库工地　晨—阴—外（夏）

农民清理完各自的东西，集结在已经完工的工地。

钟三多和乌旗山的几个人在一起，准备结伴返回。

那名干部经过这里，跟钟三多他们打招呼。

干　部："你们回哪里？"

众　人："乌旗山。"

干　部："乌旗山？我向你们打听个人，有个叫曾章甫的，你们知道吗？"

众　人："是她男人！"

钟三多："您认识我男人？"

干　部："那你是不是有个男同学叫刘孟良？"

钟三多："认识认识！他是我同学！他现在在哪里？"

干　部："他是个战斗英雄！现在在广东部队当连长，过年时他回了浮邱山，叫我找机会打听曾章甫，问你两口子过得好不好。"

钟三多："过得好。您今天回去能见着他吗？"

干　部："他过完年早回广东了，不晓得又要过几年才回来。"

钟三多："他过得好吗？"

干　部："当连长了，肯定比你好，也比我好。"

干部故意带着钟三多朝路边上走，并故意放慢脚步。乌旗

羞女峰（张克斌摄）

山其他几个人走在前头。干部悄悄地说："我和孟良是好兄弟！他把他心里的秘密告诉了我。你说你，当初如果嫁给他，多好！现在后悔了吧？"

钟三多："我不后悔！"

干　部："你不后悔？因为心里放不下你，他还没找对象呢！"

94 刘孟良家　日—晴—内（冬）

刘孟良两父子在屋内争执。刘孟良穿着军装，刘爹穿着棉袄提着个火篮。两父子你一句、我一句，刘爹气得脖子上暴出青筋。

刘　爹："你都二十好几了！这个不要那个不要，你是存心要给老子绝代呀！（刘爹的手在抖动，火篮里的灰掉落地上。）"

刘孟良："爹！恕儿不孝！我心里只有钟三多！"

刘　爹："我这条老命是那个钟三多救的，你读书那几年吃的用的都是那钟三多的。这个恩，我记得。你报恩是应该，你还钱也……应该，（剧烈地咳嗽）但是……她早嫁了人，你还要在一棵树上吊死呀！"

刘孟良："爹！我的心还没死，我再等十年！"

95 曾婆婆家门外　黄昏—雨—外（夏）

钟三多冒着急雨小跑着来了。她背着烂棉被，头戴破斗笠，手里举着一柄棕叶挡雨，一双露脚趾的胶鞋跟泥一样。她索性用脚趾勾着泥地，可以防滑。

她一边跑近，一边大喊：“曾婆婆！”

曾婆婆闻声，颤颤巍巍地走到门口。

钟三多：“我的饱饱呢？”

曾婆婆：“三多，对不住你！月崽子不肯吃米糊，饿……死了。你……你回家问你家曾章甫吧。”

钟三多像被人猛击一棒似的，愣住了。

（近镜头）钟三多的头发上、额头上、脸上全是水，直往下流。

突然，钟三多急转身，冲入雨中。

跑得太快，钟三多的烂胶鞋掉了一只，她发疯似的甩掉另一只，赤着脚在泥地里跑。

96 茶树林　黄昏—雨—外（夏）

雨中，一座小小的新坟前，曾章甫撑着一把破油纸伞，替蹲在地上的钟三多遮着雨。

这座新坟与另一座小小的旧坟靠在一起。一股股水流从山上冲下。

钟三多蹲在小坟前，痛哭："妈妈对不起你们——"

茶树林的上空，劈下一道闪电，接着响起一声声炸雷。

97 公共食堂门口　日—阴—外（夏）

乌旗山由村改称为"大队"，大队下设的若干村民小组变成生产队。

这里的公共食堂，其实就是曾宅原来养猪养马的房子（期间曾作为公家杂屋）改造而成。

家家户户把锅碗瓢盆拿来，送到生产队食堂。

男女老少一起把猪、鹅朝公共食堂赶。

一个干部和一个农民各提着一只鸬鹚的脖子。队长兴奋地说："辣椒炒鸬鹚，祖宗十八代都没吃过！"

农　民（哀求）："队长！留着鸬鹚，我天天送鱼，行不行？"

干　部："集体上山下地，谁让你去捕鱼啦？"

队　长："瞧瞧！这么多鸡鸭鹅猪肉撑死你，你问大伙稀不稀罕你的鱼！"

众　人："不稀罕！"

油菜花海
（张克斌摄）

98 公共食堂厨房　日—晴—内（夏）

生产队干部大步跨进来时，钟三多和何大嫂正在紧张忙碌着。

干　部：“公社领导马上就到！做好准备。”

不一会儿，两名公社领导在生产队队长和其他队干部的陪同下进食堂检查。

大灶里柴火熊熊。

钟三多正用大锅铲在大铁锅里炒菜，两名领导凑过去看，露出满意的表情。

领导一：“五花肉炒大蒜苗，不错嘛！”

领导转过身看何大嫂往蒸笼里的每一钵米饭上夹煎鸡蛋。

领导二：“每人一个荷包蛋，真香！”

领导一：“卫生一定要搞好，菜要洗净些。饭量要保证，吃饱了才有劲。”

队干部们连连点头。

99 公共食堂库房　日—晴—内（夏）

两名公社干部在生产队干部的陪同下检查食堂仓库。

库房里有一个巨大的粮仓，墙边摆放着若干大南瓜、大冬瓜。透过库房后边的矮门，可以看到鸡、鸭、鹅在屋后栅栏内走动。猪的叫声从后边传来。

领导一：“这两个厨师都是贫下中农吧？”

队　长：“炒菜那个是地主子弟。”

领导一：“地主子弟？这么多人的生命安全，她要是下毒怎么办？赶紧换人！”

100 农田　日—晴—外（夏）

收割季节。烈日当空。

钟三多和一名男农民在同一台打禾机上打禾。

钟三多站在打禾机右边，赤着双脚，左脚站稳，右脚不停地用力踩禾桶上的踏板，踏板带动打禾轮快速地转动。她两手掌紧紧掐紧禾兜把稻穗往快速转动的打禾轮上送，稻穗上饱满的谷粒被打禾轮打脱下来，随着打禾轮飞进禾桶里。

打完一捆，稻穗上的谷脱尽，稻草的上部变小了。钟三多左手一把握住稻草的上部，右手抓住一缕稻草快速地缠两下再快速地一扎，瞬间稻草已捆绑好。钟三多把已绑好的稻草往半空中一抛，稻草脚在下、头在下稳稳地叉开上百条腿立在田里。

钟三多和那个男人同时从踏板上下来，各自快步走到禾桶一侧，紧握住禾桶两侧的把柄。男人一声大喝“起！”，两人同时用力将禾桶的前部抬出泥面。男人再一声大喝“走！”，两人同时用力将禾桶往前拉，一边拉一边疾跑，憋着劲把打禾机拉前了十几米。

101 公共食堂库房　日—阴—内（秋）

生产队长和队干部在库房里，面露焦急之色。

队　长：“畜生早就杀光了，没了荤，谷也见了底，咱遇到了麻烦。”

队干部：“得赶紧找县里和公社救济！总不能杀耕牛。”

队　长：“二队刚问过，说是上面没能力救济，各生产队自己想办法！”

队干部：“好在又要收秋了，能挺一阵子。”

102 乌旗山山林　日—阴—内（夏）

这一年，饥饿已经成为笼罩在乌旗山上空厚厚的阴云。

一个农民在捆柴，一堆不大的杂木枝条，他捆得很吃力。

两个和他一起砍柴的农民在他不远处，一人无力地靠树而坐，另一人是曾章甫，他像一堆烂泥瘫卧在地上。

捆柴人：“树皮吃光了，不消多久这些树就都成了咱们的

远眺羞女峰

（张克斌摄）

枯柴。”

靠树者：“真他娘的奇了怪了，今年江里连鱼也捞不到，全被上游的人捞光了，还是毒死了？”

曾章甫：“不消多久我们就都饿死了。”

靠树者：“有人饿死，有人撑死，鸭老公和他那个继崽就是吃观音土撑死的。”

捆柴人：“可怜他家王凤仙，又守寡了，孤零零一个人过。”

靠树者：“你去陪她睡啊！”

捆柴人：“莫开这种玩笑！她刚死了男人死了儿，好可怜！”

靠树者：“我们在这里挨饿不可怜？这年头，谁还可怜谁？”

103 公共食堂　日—晴—内（夏）

钟三多带着银花、毛坨进来。

毛坨身上有很多泥点，钟三多和银花虽然比较干净，但也看得出是从田里来。

这时已是中午过后，厨房已经没么子人，只有曾章甫和另一位砍柴人。曾章甫已经吃完，砍柴人一只脚搁在另一条木凳上，正用筷子扒着稀饭。

厨房的何大嫂一边招呼钟三多母子三人“快来吃”，一边揭开锅盖，锅里有大小不等三只碗。

（特写镜头）碗里是红薯根煮稀饭。

钟三多:“这不是我的呀！章甫，你吃了我的？”

曾章甫:“我吃不下，莫浪费了！”

何大嫂:“你家曾章甫心疼你，怕你饿着。”

钟三多:“章甫！我吃不了这么多！”

曾章甫:“你快吃！万一你打禾时晕倒在滚轮上，就没命了！”

钟三多:“你在山里砍柴不危险吗？”

曾章甫:“我已经吃饱了！”

钟三多请何大嫂再拿个碗来，她想倒一些稀饭给曾章甫。

曾章甫生气了:“说了我饱了！”便起身走出去。

104 王凤仙家　日—雨—外（夏）

王凤仙家门紧闭着，雨点斜着打向门窗。

透过破烂的窗户，可看见王凤仙躺在床上。

王凤仙盖着布毯躺在床上。隔着蚊帐，床上显得更加阴暗。

突然，二狗从雨中冲过来，他跳到台阶上，跺跺脚，抖掉头上的雨水，用手拍门，把屋内的王凤仙吓一大跳。

王凤仙:“哪个？”

二狗没有回应，继续拍打着房门。

透过窗户，可看见王凤仙坐起来，哆嗦着从枕头下取出剪刀，紧紧地握在手里。

二狗朝窗户里望。

二　狗："凤……凤仙！我……我是你姐……妇夫！下大……大雨！我……我……我来躲雨！"

王凤仙："那你在屋檐下躲着吧。"

二　狗："妹妹！你……你开门让我……我进去坐啊！"

王凤仙看见窗口二狗晃来晃去的头顶，她躺下，悄悄地把剪刀放回枕头下，说："我胃疼，在睡觉，你等雨停了自己走吧！"

二　狗："你……你……怕我搞么子？你……你……又不是没穿衣……衣服！"

雨已停了。

二狗突然像发情的野牛，他朝房门踢了一脚，脚被堵得严实的门板挡住。他转而踢向厨房门，只一脚，厨房门就开了。

他从厨房冲过去，冲进卧房。

透过窗户，可见发情的二狗扑向蚊帐里的王凤仙。他把布毯一把抓起，甩到地上，然后亢奋地撕扯王凤仙的衣服。

这时，钟三多端着一碗粥，带着银花走到王凤仙家地坪。

钟三多："小嫂！"

银　花："小姨！"

突然，钟三多和银花听到了房里传出来异样的撕打声，继而听到一声惨叫。

透过窗户，可见衣服被撕破、头发凌乱的王凤仙坐在床上，愣愣地盯着滴血的剪刀，二狗扶着挂蚊帐的床檐，缓缓地倒下。

竹海

（邓燕盛 黄霖摄）

105 公共食堂　黄昏—阴—外（秋）

钟三多领着毛坨、银花吃完了。钟三多一会儿瞅瞅蒸笼里的一大碗稀饭，一会儿又焦急地望向门外。毛坨和银花乖乖地和她坐在一起。

夏石头一身浮肿，坐在矮板凳上。

夏石头："曾章甫还没吃啊？"

钟三多："是啊，只差他还没回来。你这身水肿找代郎中看了吗？"

夏石头："找了，没用呢，代郎中说饿肿的。"

106 桃花江边　傍晚—雨—外（秋）

曾章甫独自一人挑着一担柴，驼着背，汗流浃背地走在江边。

突然响起了雷声，接着，天空上像挂着个漏了洞的水库，雨水像瓢泼似的。

曾章甫更加吃力了，想加快步伐，却力不从心。

突然，他的柴被江边的荆刺挂住，他脚底一滑，一个趔趄，摔倒在江边，身子滚了两圈，掉入江水中。

他奋力抓住江边的草，草断了。他在水中沉浮，又抓住一把草。狂风卷着他的柴滚下江，砸在他的身上，把他打入江水深处。

他在江水中扑腾着。

不一会儿，水就将他吞噬了。

107 山林　黄昏—晴—外（秋）

钟三多头缠白布，带着同样头缠白布的银花和毛坨，跪在曾章甫的新坟前，为曾章甫烧纸钱。

钟三多哭泣，对着新坟狠狠地说："你傻！你是饿晕才跌进江里的。如果你吃饱一点，你不会淹死……"

西下的夕阳像被人泼了一盆鲜血，染得天际一片血红。

（远镜头）远处一棵樟树下，夏石头撑着树干，定定地朝钟三多这边望着。

108 地坪　早晨—晴—外（冬）

生产队长用喇叭喊："开早工啊——"曾宅各家各户陆续打开门，穿着烂棉袄的农民们拿着各式农具，一身疲态走出来。但夏石头家的门没有开。

农民们自觉地朝土地走去。队长感觉到异样。

一个农民掉过头喊："队长！石头莫不会也饿死了吧？"

队长更担心了，跑过去拍夏石头的房门。那农民也转身来拍门。

109 夏石头家　早晨—晴—内（冬）

队长和那个农民在夏石头家里。

两人正用力地把夏石头从地面抬上床。

夏石头戴着一顶破烂的冬帽，一身破棉袄棉裤，棉鞋也没脱掉，露在外面的脸，浮肿着，泛着淡青色的光。

队　长："就说他是不慎摔死的，不要让大队知道是饿死的！对你老婆也不能说！"

农　民："水肿病又不是稀奇事，瞒个么子？再说，都肿成这模样了，能瞒得住？"

队　长："唉！可怜的绘画队队长，农民画家，到死都是个单身汉。"

那个农民在夏石头家的房里查看。

他打开饭柜，里面有半碗剁辣椒，碗口已残缺。

他走向衣柜，这衣柜暗红色漆面，与夏石头家的风格迥异，一看就知道它是从地主家没收过来的。

突然，农民大声惊叫起来。

竹海
（张克斌摄）

农　民："队长！"

（近镜头）

衣柜有两层。上面那层里露出小半张女人漂亮的脸和一双美丽的大眼睛。一只大手迅速丢开衣柜里的破棉絮和破雨靴之类的破烂货（因为穷，衣柜里并没有像样的衣服），露出一张大大的女人的脸，白板的脸，甜美地微笑着，一双眼睛如春水般多情。

两人惊呆了，他们都看出来，衣柜里画的，是钟三多的肖像。

110 代四妈家　黄昏—晴—内（冬）

代四妈一脸欣喜，赞叹手中的一件灰黑色毛线衣。

钟三多站在一旁，满脸赔着笑。

代四妈："你厉害，又快又好！我两个儿媳半年也织不完。"

代四妈递上一截大莲藕给钟三多，钟三多不肯收。

代四妈："你织了毛线衣，这是你应该得的。我晓得你拖儿带女没东西吃了！"

钟三多："代四妈，我有个恳求，我想带着崽女转回娘家去。"

代四妈："好！"

111 山路　日—晴—外（春）

（时间：1960 年春。）

（远镜头）钟三多和银花、毛坨的背影，出现在山路上。山里，映山红怒放着，一簇簇红如燃焰。

112 桃江华美达酒店　日—晴—内（春）

2016 年春。富丽堂皇的华美达宴会厅窗外，高楼林立，四通八达的交通干道上车水马龙，桃花江两岸花红柳绿，特别是那一树树桃花，像江边一团团燃烧的火焰。

宴会厅内，灯光微暗，嘉宾满座。花鼓戏《刘海砍樵》欢快而热烈。

（特写镜头）红底金字的横幅上书：刘孟良钟三多伉俪翡翠婚庆暨刘达宇潘侯梅新婚庆典。

舞台的白墙上正播放着视频。

随着视频播放完毕，灯亮，音乐声停。

男司仪：“请新郎的父母亲上台，请新郎的母亲、山茶油集团董事长曾银花女士致辞！”

热烈的掌声响起！

曾银花：“刚才在视频里，我看到老家乌旗山亲友们真诚的祝福，看到儿子儿媳的同学、朋友们在广州和新加坡的祝福，我的心里格外激动！我和我的先生真诚地感谢我的亲家公、亲家婆，为我们培养了这么美丽优秀的儿媳。儿子、儿媳的姻缘，既是他俩的异国同窗之情而生，更是我的父母辈的世纪交情而结。衷心地为他们高兴，并祝他们白头到老，携手一生。作为新郎的母亲，我备感这份幸福来之不易。此时此刻，请允许我感谢我的爸爸刘孟良，在我们最困难的时候，是他用无私的爱和博大的胸怀接纳了我的妈妈钟三多、弟弟毛坨和我。他给予我和弟弟最珍贵的父爱！我要感谢我坚强、平凡而伟大的妈妈钟三多，她以坚韧不拔的意志跨越了生活的坎坎坷坷，和爸爸一起哺育了我！（流泪）当时家里穷，爸爸妈妈尽量让我多吃一点，却让弟弟毛坨饿死了！（主持人递上纸巾。曾银花拭泪。）我深切怀念我的叔父、我以前的爸爸曾章甫，他曾经在广州荔湾湖里救起的潘心怡女士，这次专程从新加坡赶来（身穿绣凤旗袍，满头银发的潘心怡女士优雅地起身，微笑着跟大家一起鼓掌）。潘心怡女士正是我的亲家潘伟成先生的姑妈，即我的儿媳潘侯梅小姐的姑奶奶！”

女司仪：“感谢曾银花女士充满感情的致辞！她刚才说到的往事，情节之复杂，故事之感人，大大超出我的意料。这是一个历经患难的家庭，风雨过后，才更懂得彩虹的美丽。现在有请新郎的外公外婆，也就是翡翠婚庆的两位老人刘孟良钟三多伉俪上台，并请刘孟良老人讲话！”

男女司仪、曾银花夫妇及新郎刘达宇、新娘潘侯梅挽扶着两位满头银发的老人缓缓上台。新郎举着话筒，放在外公刘孟良的嘴边。刘孟良用苍老、缓慢、激动的声音讲话。

刘孟良：“我老伴钟三多的水平比我高，她能比我讲得更好。很羡慕现在的年轻人，他们生活在我们的祖国昂首阔步走向伟大复兴的好时代。我的外孙刘达宇娶了个新加坡姑娘潘侯梅，这对新人选择回到祖国成家立业，这让我很欣慰。刚才，我的女儿曾银花的一席话，揭开了我对过往岁月的记忆，也讲出了我的心声。回首过去的路，虽然苦，但我的心中充满感恩！感恩命运的安排，在我坚持独身等待钟三多长达十五年之后，命运把她交给我，让我们携手走过了五十五年，并将继续携手走下去；感恩三多的前夫曾章甫，他以坚贞的爱情陪伴钟三多走过了那段最艰苦的路，他忠实地履行了他与钟三多当年的婚约，这令我很敬佩；感恩桃花江边善良的旧乡邻，他们帮助我走出大山投身革命，他们还在最苦的岁月里无私地帮助曾章甫、钟三多；感恩家乡桃江，这么多亲友欢迎我们回来，替我们操办这个喜庆、热闹又充满意义的宴会；感恩这个伟大的时代，我们从战火走向安康，从贫穷走向富强……”

（镜头渐远。

主题曲唱起：）

（男唱）我听见人家说

（女白）说什么

（男唱）桃花江是美人窝

（男唱）桃花千万朵呀也比不上美人多

（女白）不错呀

（男唱）果然不错

（男唱）我每天瘦到那桃花林里头坐

（男唱）来来往往的我都看见过

（女白）全都好看吗

（男唱）好那身材瘦一点偏偏瘦得那么好

（女白）怎么好呀

（男唱）全是伶伶俐俐小小巧巧

（男唱）婷婷袅袅多美多娇

（女白）那肥的呢

（男唱）那些肥一点儿肥得多么称

（男唱）多么匀多么俊俏多么润

（女唱）啊哈你爱了瘦娇

（女唱）你丢了肥的俏你爱了瘦的娇

（女唱）你丢了瘦的娇你到底怎样选

（女唱）你怎么样挑

（男唱）我也不爱瘦那我也不爱肥

（男唱）我要爱一位像你这样美

（男唱）哎哟不瘦也不肥百年成匹配

（女唱）好桃花江是美人窝

（女唱）你不爱旁人就只爱了我

（男唱）好桃花江是美人窝

竹海人家

（张克斌摄）

（男唱）比那旁人美得多

（合唱）好桃花江是美人窝

（合唱）桃花千万朵呀比不上美人多

剧　终

图书在版编目（CIP）数据

婚约桃花江 / 刘鉴 著．—北京：东方出版社，2016
ISBN 978-7-5060-9337-8

Ⅰ.①婚…　Ⅱ.①刘…　Ⅲ.①纪实小说—中国—当代
Ⅳ.① I247.5

中国版本图书馆 CIP 数据核字（2016）第 272696 号

婚约桃花江
（HUNYUE TAOHUAJIANG）
刘　鉴　著

策划编辑： 鲁艳芳
责任编辑： 辛岐波
出　　版： 东方出版社
发　　行： 人民东方出版传媒有限公司
地　　址： 北京市东城区东四十条 113 号
邮政编码： 100007
印　　刷： 北京汇林印务有限公司
版　　次： 2016 年 12 月第 1 版
印　　次： 2016 年 12 月第 1 次印刷
开　　本： 880 毫米 ×1230 毫米　1/32
印　　张： 5.5
字　　数： 140 千字
书　　号： ISBN 978-7-5060-9337-8
定　　价： 32.00 元
发行电话：（010）85924663　85924644　85924641